龍狼傳

外傳

龍天子之首

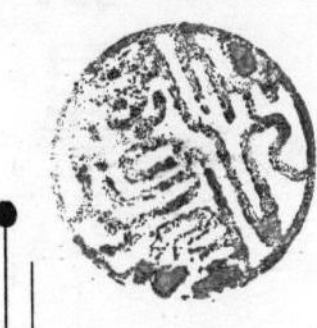

目錄

第一章

閃爍的天狼星

星星在夜空中發出閃爍的銀色光芒，而位於東方的那顆天狼星則顯得份外明亮。

天地志狼彷彿被天狼星所引導，頓時有一種奇異的感覺竄過全身。

他感覺自己的身體輕飄飄地浮在半空中，好像有另一個冷靜的自己正定定地看著焦躁不已的自己一樣。

事實上，志狼自從來到大約一千八百年以前的古代中國之後，這種感覺已經出現過好幾次了。

志狼認爲這一定是他身處在已經發生過的歷史環境中，因而產生出來的一種震撼與無助感。

（只要我能回到一千八百年後的現代，這種感覺一定會消失的。）

志狼無力地躺在地上，身體像鉛塊一般沉重，因爲連著兩個月來日夜不停地作戰和行軍，使得他元氣大傷。

（我必須盡快恢復體力才行，否則以目前這種身體狀況來看，恐怕沒有

辦法繼續承受激烈的戰役。）

根據志狼對三國歷史的了解，不久之後這裡將會發生一場大戰爭。不僅如此，如果志狼沒有辦法回到現代的話，他必定會不斷地被捲進一場又一場的戰爭當中。

此時，志狼望著閃閃發光的天狼星，一種不祥的預感油然而生。

「龍哥哥！」

「哇！」

志狼眼見愛琳邊叫邊跑過來，努力用手支著身子，慢慢站起來迎接她。

愛琳一口氣跳進志狼的懷裡，讓志狼抱著她旋轉了好一會兒。

其實愛琳只是一個八歲大的小女孩，她在戰爭中失去唯一可以依靠的哥哥後，便一直視志狼爲自己的親人。

「孔明先生在找龍哥哥，所以我就帶他來了……可以嗎？」

愛琳不安地低下頭去。

「啊！當然沒關係嘍！」

志狼摸摸愛琳的頭，轉身看著孔明拿著一盞小小的燈火走過來。

孔明是諸葛亮的別名，爲三國時代「蜀漢」的軍師，同時也是一位相當活躍的智慧型人物。

「真是傷腦筋！你竟然沒有出席軍事會議！」

孔明的話中雖然有責備的意味，但語調卻非常柔和，臉上也掛著微笑。由此可見，孔明實在是一個表演高手，他絕對不會在臉上顯現出真正的心意。

「對不起，我只是希望身體能趕快恢復正常，所以才出來休息一下。」

志狼交抱著雙臂回道。

「真的只是這樣子嗎？」

孔明微笑地探問。

「啊？我……」

一時之間，志狼困窘得說不出話來了。

其實孔明猜得沒錯，志狼之所以不參加軍事會議的確是有其他的理由。志狼認為自己若參加「蜀漢」的軍事會議，必定會和歷史的動向扯上關係，但是他根本無力去改變既定的歷史事實。

「即使我們能暫時阻止曹操軍的進擊，遲早有一天還是會被追兵逼得無路可走，所以我們不能長久停留在夏口。」

孔明以銳利的眼神看著志狼說道。

「嗯。」

志狼輕輕地點頭。

「正因如此，我們想請你針對我們今後的行動提出一些建議。」

「這個嘛……孔明先生的心裡應該早已計畫好了，所以我還是先把自己的身體調養好比較重要。」

孔明聽到志狼避重就輕的答覆，只是笑著點點頭地說：

「對了，月英教過你月氏之術後，身體有沒有感覺好一點？」

孔明的妻子月英因爲是月氏人，所以擁有一種使人體內的每個細胞都活化起來，提高人類生命力的月氏之術。

「月氏之術的力量確實非常神奇，不過我的身體還是……」

志狼伸出軟弱無力的手臂，十分無奈地說道。

這時，除了孔明手上拿的燈火所照亮的範圍之外，四周是一片漆黑。

愛琳整個人挨在志狼的身邊，語帶顫抖地說：

「龍哥哥，我們趕快走吧！」

志狼和孔明看到愛琳害怕的樣子，兩人不約而同地點點頭。

過了不久，他們小心翼翼地來到河岸邊。

月亮和星星倒映在河面上，使得這條中國第一長河——長江看起來好像是天上的銀河一般。

「志狼，你懂占星術嗎？」

孔明邊走邊問道。

「占星術？」

「是啊！就是利用觀測星體的運行來占卜未來的奇術。」

說著，孔明抬頭仰望著星空。

「其實我對占星術並不太了解……」

志狼摸不清孔明的用意何在，於是含糊地回答。

「是嗎？我看你經常出神地看著夜空，還以爲你是占星術的高人呢！」

「孔明先生，你怎麼會這樣想？」

志狼不解地問道。

「你以前不是說過，你知道將來會發生什麼事情的嗎？」

志狼聽到孔明的話，著實大吃一驚。

事實上，在荊州的新野城展開長達兩個月的激戰之前，志狼的確曾經對孔明說過這句話。

「志狼，你真的了解未來？」

孔明的神情極爲嚴肅地問道，而被志狼牽著手的愛琳也在側耳傾聽。

儘管志狼的心裡還在猶豫，可是他還是簡短而明確地點頭說：

「是的。」

「如果你願意的話，能不能把這一切的來龍去脈說給我聽？」

孔明十分期待地看著志狼。

一時之間，志狼感到有些迷惘。

（就算我跟孔明先生說了實話，他大概也無法理解我所說的事情。不論他有多麼聰明，也很難以想像我是因為時光交錯才來到這裡的。）

想到這兒，志狼無奈地嘆了口氣。

「唉！就算我把事實真相跟你說了，你也不會相信的。」

「你真的這樣覺得？」

孔明定定地看著志狼。

「是的。」

「我懂了，既然是龍之國的祕密，那我就不再追問下去了。可是，如果你真的知道未來的話，那麼請問『龍天子』的使命究竟是什麼？」

孔明語氣堅定地問道。

「是……」

這下子，志狼真的不知道該如何回答了。

（我真的只是無意間闖入三國歷史？或者是身負某種使命而來的？）

自從志狼來到三國時代後，這些問題便一直困擾著他。

「你是按照既定的歷史軌跡來採取行動的嗎？既然如此，那麼就算『龍天子』想有所作爲，也不過是徒然無功而已，不是嗎？」

志狼聽到孔明這一番話，整個人不禁陷入沉思中。

（孔明先生說的沒錯！如果歷史真的已經成為事實的話，那麼任何人做再多的努力也都是枉然的。可是，話又說回來，如果真的是這樣，那麼我到這裡來又有什麼意義……）

孔明見志狼沉默不語，於是停下腳步，定定地看著滔滔不絕的長江，有感而發地說：

「現在，曹操率領二十萬大軍在長江上游的江陵準備隨時出擊。」

他一邊說，一邊將手上的燈火慢慢地往下移動。

「除此之外，吳國的孫權在下游的柴桑，正虎視眈眈地觀望局勢。所以如果吳國和曹操聯手，我們絕對是不堪一擊的。可是，如果我們能夠說服吳國一起對抗曹操的話，要打敗曹操也不是不可能的事。」

志狼慢慢地點頭，表示贊同孔明的話。

「不過，我們無論如何都要借助『龍天子』的力量……志狼，請你加入我們的陣營，跟我們一起作戰，好嗎？」

孔明誠懇地請求。

志狼緩緩低下頭，並沒有馬上答覆。

（現在「龍天子」已經廣為人知，所以不管我到哪裡去，一定都會被扯進戰事中的。）

想到這兒，志狼不禁無奈地嘆了一口氣。

「你會跟我們一起作戰，對不對？」

孔明凝視著志狼，再度問道。

「嗯。」

志狼慢慢地點點頭。

孔明對他露出粲然一笑，然後好像鬆了一口氣地朝著夏口城門走去。

「龍哥哥，又要開戰了嗎？」

在穿過夏口的城門時，愛琳小聲地問道。

「或許吧！」

志狼可以感受得到愛琳緊張地抓緊了他的手。

「龍哥哥會一直在我身邊，對不對？」

剎那間，志狼真不知該如何以對。

「那是當然的嘍！」

一旁的孔明代替志狼回答。

就在這當兒，一陣狗吠聲自陰暗處傳過來。

接著，一個女孩被狗追著邊跑邊尖叫。

孔明把手上的燈火往前一照，只見蓮花正被一隻露出獠牙的野狗困住。

蓮花是在戰爭中喪命的蜀漢軍師——徐庶的妹妹，雖然有一身好武藝，但是現在卻被野狗嚇得花容失色。

「去、去、去！趕快走開！」

孔明用手拍拍那隻野狗的腦袋，野狗立刻識相地夾著尾巴逃走。

「咦？妳的屁股被狗咬到了嗎？」

這時候，志狼看見蓮花的褲子破掉，於是好心地趨前問道。

「啊！我沒、沒事。」

蓮花急忙用手遮住屁股，整個臉也因害羞而脹紅起來。

「蓮花姊姊，妳在這裡幹什麼？」

愛琳率直地問道。

「我……我……」

蓮花支支吾吾地說不出一句完整的話來。

孔明見狀，還明知故問地說：

「蓮花姑娘是不是想找志狼？」

「沒有啦！我、我是要找愛琳。」

蓮花滿臉通紅地低著頭。

「這麼說來，妳一直在找我們嘍？」

志狼對於男女之間的情事一向少根筋，還兀自茫然地問道。

蓮花默默地點頭，然後把頭轉到一邊去。

「既然如此，我想妳應該也餓了，我知道這裡有一家很有特色的小店，我們一起去吃飯吧！」

孔明滿臉笑意地說。

「太棒了！我們快走。」

愛琳一面說，一面興高采烈地拉著孔明的手。

「我們不是已經吃過飯了嗎？」

蓮花不解地看著孔明。

「再吃一次也沒有關係啊！走吧！」

孔明一隻手牽著愛琳，另一隻手則推著蓮花的背，還頻頻以眼神催促志狼往前走。

第二章

神祕兩兄弟

孔明帶著一行人到一間外表不起眼，門口用竹簾分隔的搭棚小店去。

「有人在嗎？」

孔明用手撥開簾子，率先走進店裡，志狼等人則緊跟在後。

「哦！來了！請問有幾位？」

小店的最後面傳來一陣渾厚的沙啞聲。

「四位。」

孔明朝著裡面回道，旋即示意要大家坐下來。

「奇怪？掌櫃怎麼沒有出來問我們要吃些什麼？」

志狼有點不安地問。

「我們要喝的是一種味道非常可口，而且也很補的羹湯。」

孔明神情愉快地說明。

過了一會兒，一個身穿破舊不堪的粗布衣的女人，手端著托盤從裡面走出來。

她不只有一副虎背熊腰的身材，而且幾乎快跟身高一百八十公分的孔明一樣高了。

「請慢用。」

她小心翼翼地從托盤裡拿出盛滿羹湯的碗，然後擺在孔明等人的面前。

志狼仔細端詳後，才發現她的臉像月餅一樣圓，蒜頭鼻盤踞在臉部的中央，小眼睛和大嘴巴則緊貼在鼻子的上下方，長相實在令人想發笑。

當她和志狼四目相接的那一瞬間，眼裡突然綻放出光芒來。

「哇！你就是我所喜歡的那一種類型的男人。」

說著，她把臉湊到志狼的面前，還故意嗲聲嗲氣地說：

「我叫茶盆，你一定要記住我哦！請問你的名字是……」

「嗯……我叫天地志狼。」

志狼客氣地回答。

「志狼，你好！」

茶盆才剛說完這句話，便猛然在志狼的臉頰上用力一吻。

志狼被茶盆這突如其來的舉動給嚇得直往後退，蓮花和愛琳兩人也驚訝地楞在當場。

「開動了！」

孔明若無其事地說著，便津津有味地喝起羹湯。

其他人見狀，也開始動起湯匙。

「這羹湯裡面究竟放了什麼材料？」

蓮花用湯匙攪拌著羹湯問道。

「這個嘛……除了蛇肉、蜥蜴之外，還有什麼來著？」

孔明轉頭詢問茶盆。

「還有蜈蚣和老鼠肉所磨成的粉末。」

聽到茶盆這麼說，志狼和蓮花都滿臉驚恐地看著面前的那碗羹湯，遲遲不敢再動一下湯匙。

第二章 神祕兩兄弟

「這種羹湯很滋補養身的，你們趕快喝啊！」

茶盆搶過志狼手中的湯匙，舀起滿滿一匙羹湯，直往他的嘴巴裡送。

「唔……」

志狼雖然嚇得臉色發白，卻硬是喝下了半碗羹湯。

「由此可見，志狼比我還有女人緣哪！哈哈哈！」

孔明調侃似地笑著，坐在他旁邊的愛琳則默默地喝著羹湯。

「孔明先生，你居然帶我們來喝這種東西……實在太過分了！」

一離開茶盆的店，志狼立即皺起眉頭抗議道。

「會嗎？我倒覺得這種羹湯非常美味呢！」

孔明不以爲然地說。

就在這個時候，茶盆的聲音猛地響起來：

「志狼，我煮的羹湯很好喝，對不對？」

志狼回頭一看，只見茶盆站在店門口，滿臉笑容地目送他們離開。

「很、很好喝，謝謝妳。」

志狼連忙牽起愛琳的手，一步併作兩步地跑走。

「孔明先生，你怎麼會有這種特殊癖好？」

蓮花繃著臉問道。

「妳是指喝羹湯嗎？呵呵呵……我覺得它很好喝啊！更何況愛琳也把一整碗的羹湯都喝光光了呢！」

「嗯，我覺得羹湯好好喝哦！」

愛琳露出意猶未盡的表情。

孔明等一行人離開之後，伍南山和伍北河兩兄弟隨即來到茶盆的店前。

「哥哥，我看還是不用了啦！」

說完，北河便開始咳嗽，瘦弱的身子也不停地顫抖。

「不要再說了，你的身子一定要好好補一補才行。況且在這次的任務結束之前，你也沒辦法去找大夫看病。」

身材魁梧的南山憐惜地說。

「可是……」

「北河，你別想那麼多了。」

南山帶著猶豫不決的北河一腳踏進店裡，在剛剛志狼等人坐過的位子坐下來後，馬上扯開喉嚨大聲嚷道：

「掌櫃！來兩碗羹湯。」

沒多久，茶盆便端著兩碗羹湯來到他們面前。

她把碗擺到桌上，臉上堆滿笑容地說：

「兩位大爺久等了。啊！你……」

頃刻間，茶盆的眼睛睜得大大地盯著北河看。

「妳幹什麼？」

南山警戒地站了起來。

然而茶盆卻依舊上下打量著北河，過了半晌，她才恍然大悟地叫道：

「哦……原來不是同一個人啊！嚇了我一跳。」

南山和北河兩兄弟不明就裡地楞住了。

「這位大爺跟剛剛坐在這邊的志狼好像哩！」

茶盆邊說邊伸出手想摸北河的臉。

「住手！」

北河嚇得整個人直往後縮。

「喂！妳不要亂來！」

南山急忙從後面拉住茶盆的身體。

「你這個老頭子真令人討厭！」

「老、老頭子？」

南山詫異地反問道。

事實上，南山跟弟弟北河相較之下的確比較老氣，但是他也只不過才二十歲出頭而已。

「算了，我不跟妳計較。妳趕快走開！」

南山怒氣沖沖地瞪著茶盆。

茶盆只好嘟著嘴巴，心不甘情不願地退到後面去。

「哥哥，你的脾氣還是這麼暴躁。」

「唉！我知道自己沒有資格當一個武人。」

南山坐回原位，一邊喝著羹湯，一邊不悅地說道。

「我不是這個意思……咳咳！」

北河又開始咳了起來。

「我知道啦！北河，你還好嗎？」

南山擔心地拍拍北河的背。

「哥哥……」

北河狀似痛苦地喘著大氣。

「我知道、我知道啦！我現在最重要的責任就是利用這個策略立下大功，受封爲武人，使我們伍家重振門風。」

北河點點頭，表示贊同南山的說法，但他的眼裡卻流露出擔心和不信任的神色。

「可是，北河，我們這樣做好嗎？」

南山不安地問道。

「哥哥，你現在還說這些話幹什麼？主君把傳國玉璽……」

「噓！」

南山急忙打斷北河的話，立即轉頭窺探在後面的茶盆的動靜。

此時，茶盆把臉轉向一邊，裝作一副毫不知情的模樣。

南山見狀，放心地鬆了一口氣。

然而南山完全不知道，茶盆已經把他們剛才的對話聽進耳裡了。

之後，南山和北河各自喝著羹湯，沒有再開口說話。

才一會兒工夫，南山就把羹湯喝完了。

「我也飽了。」

北河喝了三分之二的羹湯，將湯匙擺在碗上，便作勢要離開。

南山一面站起來，一面丟了幾個銀子在桌上。

「掌櫃，錢放在這裡。」

「謝謝兩位大爺！」

茶盆面露微笑，目送他們兩人離開。

正當走在前頭的北河急著要踏出簾子外的時候，恰巧跟迎面而來的蓮花撞個正著。

「啊……」

蓮花被他這麼一撞，手上拿的銀子全都散落了一地。

「對不起！」

北河馬上彎下腰幫蓮花撿銀子。

就在這時候，兩人看到彼此的臉都大吃一驚。

「志……」

話說一半，蓮花立即住口，因為她察覺站在眼前的並不是志狼。

可是，北河卻還是定定地看著她。

「怎麼了？我臉上有什麼東西嗎？」

蓮花不由得用手摸了摸自己的臉。

「啊，不，沒什麼。對了，這是妳的銀子。」

北河把撿起來的銀子交給蓮花。

「謝謝。」

蓮花接過銀子，卻發現北河的眼睛還是緊盯著自己看。

「對不……」

北河想再度道歉，又忍不住劇烈地咳了起來。

「你不舒服嗎？」

蓮花皺著眉頭問道。

「沒、沒事。」

北河嘴裡這麼說，臉上卻露出痛苦的表情。

蓮花看見他那副病容，便從懷裡拿出一個小布袋。

「這個萬靈丹給你。」

「謝謝妳。」

北河不想拒絕她的好意，於是伸手接了過來。

「北河，我們趕快走吧！」

南山一把抓住北河的手臂，急急地說道。

「等一下！」

蓮花突然拉住北河的手臂，令他十分驚訝地看著蓮花。

「妳幹什麼？」

一旁的南山不懷好意地瞪著蓮花。

「啊，沒什麼，對不起。」

蓮花驚慌失措地放手，旋即看著他們兩人離開。

「妳是不是覺得他跟志狼長得很像？」

茶盆走到蓮花身邊問道。

「嗯。」

蓮花點點頭。

「對了，妳怎麼又折返回來？」

經茶盆這麼一問，蓮花才猛然想起自己來這裡的原因。

「是妳找太多錢給我們，所以我才又回來還給妳。」

「算了，反正妳連一口也沒喝呀！」

茶盆有些沮喪地說。

「我……」

「沒關係啦！倒是那個跟志狼長得很像的男人……」

茶盆語帶玄機地喃喃說道。

蓮花瞄了茶盆一眼，然後定定地看著漸漸消失在黑暗中的兩個人影。

這當兒，北河也回頭看著蓮花，彷彿要把她的身影深深烙印在他的心底一般……

第三章

麥老人

夜深了，志狼卻輾轉難眠，遲遲無法入睡。

（我到底要在這段歷史中奮戰到何時？

為什麼我不能早日救出真澄，退出這塊是非之地？）

每當夜深人靜，志狼的心頭總會被一些惱人的思緒盤踞。

（可是，許多人為了要保護我而犧牲自己的生命這也是事實，像愛琳的哥哥孟覽因為仰慕、相信我，最後才會死在戰場上……）

想到這裡，志狼覺得自己想退出歷史洪流實在是相當自私的想法。

志狼自從和泉真澄在前往中國的飛機上受到一道強烈光芒籠罩，穿越時空來到三國時代後，轉眼間已經過了一年。

（真澄現在在做什麼呢？）

不知不覺中，他又想起那個身處在曹操陣營裡，被人尊奉爲「龍仙女」的真澄。

同一時間，蓮花正在志狼的隔壁房裡哄愛琳睡覺。

她透過隔間木板的隙縫，定定地看著還未入睡的志狼。

對蓮花而言，志狼和她之間的愛恨情仇實在很難釐清。

因爲蓮花最摯愛的徐庶爲了保護志狼不幸被敵兵殺死，不久之後，志狼的青梅竹馬真澄卻因她的緣故而被敵軍帶走。

而且日子一久，志狼漸漸地佔據了蓮花的整個心房。

蓮花無奈地嘆一口氣，慢慢將視線轉移到已經呼呼大睡的愛琳身上。

此刻，劉備一行人住宿的宅邸一片寂靜。

宅邸後面的建築物除了志狼、蓮花和愛琳之外，武將趙雲也住在那裡，劉備、關羽和張飛等人則在相鄰的主屋裡各自擁有一個房間。

另外，孔明夫妻倆是睡在隔著一座院子的離館裡。

事實上，夏口是劉琦所治理的江夏郡的一個城寨，由於他和劉備有親戚關係，再加上劉備曾經有恩於他，所以劉備等一行人才會待在這裡。

宅邸四周的守衛並不十分嚴密，那是因爲目前曹操停止進軍的緣故。

對劉備軍來說，雖然這是一個可以休養生息的時間，但也不能因此鬆懈下來。

儘管曹操軍控制了從北邊的樊城延伸到江陵的戰線，卻沒有辦法掌控南方吳國的動向，所以也不能輕易地進軍江夏郡。

曹操曾送一封信給孫權，希望孫權能跟他聯手對抗劉備。

另一方面，劉備則派出孔明當使臣去說服孫權，企圖達成結盟的目的。

（照歷史來看，孔明應該會發揮其三寸不爛之舌說服孫權，使孫權和劉備兩軍締結同盟。

不久之後，曹操會以水軍為前鋒，準備一口氣攻打吳國……）

志狼恍恍惚惚地想著即將發生的戰事，逐漸進入了夢鄉。

過了半晌，一股不尋常的氣息讓志狼猛然睜開雙眼。

志狼跟隨仙人左慈學會雲體風身之術後，便能感應到所有生物的氣息。

可是，他現在卻無法感受此刻那股氣息是出自於何物。

志狼倏地從床上跳起來，站到窗邊往外看。

這時，志狼微微感受到一般人無法感受到的空氣震動。

（糟糕！離館出事了！）

志狼從窗口跳到庭院，越過池子上的小橋，繞過假山，來到離館前面。

剎那間，原本瀰漫在離館的氣息突然消失無蹤了。

（奇怪……這事一定非比尋常。）

志狼腳步輕盈地踏進離館中，然後走到孔明夫妻的房間。

令人驚訝的是，現在志狼竟然連孔明夫妻的氣息都感覺不到了！

志狼深吸一口氣，用力將房門打開來，只見棉被散亂一床，卻不見孔明和月英兩人的身影。

忽然間，他又聽到一陣奇怪的聲響。

志狼循著聲音來源看過去，這才發現一群男人正站在門後的陰暗處。

一個身高超過兩百公分的巨人擋在志狼面前，他的後面站著一個眼光銳利，身材瘦小的老人，以及另一個高壯的男人。

在這種情勢下，被用布塞住嘴巴的孔明和月英兩人根本動彈不得。

（志狼，小心巨人！）

月英利用心靈喊話警告志狼。

志狼以迅雷不及掩耳的速度逼近巨人，接著用手肘撞擊巨人的胸口。

巨人痛苦地呻吟一聲，身體也開始晃動，可是並沒有因此倒下來。

志狼藉著肘擊的反作用力，讓身體像龍捲風一般不停旋轉，並企圖對老人施展迴旋踢。

豈料，志狼非但沒有踢中老人，反而因重心不穩而使得左腳跪在地上。

志狼錯愕地瞪大眼睛，看著這個在一瞬間避開自己攻擊的老人。

第三章　麥老人

「真是血氣方剛的小子！」

枯瘦如柴的老人以銳利的眼神看著志狼，頓時又皺緊眉頭。

「輪點痣……這麼說來，你就是『龍天子』嘍？」

志狼沒有作任何回應，只是慢慢地站起來。

「原來如此，難怪你可以感受到我們的氣息。」

老人上下打量志狼，口中喃喃說道。

「你究竟是什麼人？」

志狼看著全身散發妖氣的老人，重新擺好了架式。

只見老人的嘴角浮起一抹詭異的笑容說：

「老夫姓麥，今天特地前來借用一下孔明。」

「你說什麼？」

志狼一臉詫異地看著麥老人。

「如果想救回孔明的話，只能你一個人來，否則我可無法擔保他的生命

安全。」

麥老人語氣狂妄地說道。

志狼一邊聽著他那低沉的聲音，一邊在心裡想著要如何才能打倒巨人。

可是，麥老人彷彿看透了志狼的心思一樣地說：

「聽著！你只要照著位於天空正左方的老人星往前進，到時候我自然會去迎接『龍天子』。」

說完，麥老人從懷裡拿出一樣東西，然後將它丟在地面上。

轟！

那東西炸裂開來，四周頓時被刺眼的橘色光芒所籠罩。

志狼不由得用手摀住眼睛。

轉眼間，麥老人等人和月英、孔明的身影又被一陣白色煙霧所吞沒，而且漸漸消失無蹤。

「孔明先生、月英……」

志狼邊叫邊穿過煙霧瀰漫的房間，從後門來到離館後院。

定睛一看，麥老人等人正準備跳下圍牆，志狼立刻拔腿追了上去。

（圍牆外頭有士兵守衛著，這下子，他們休想逃走了。）

志狼得意地想著。

誰知道，當他來到圍牆外頭，只見到士兵們的屍體躺在地上。

（麥老人等人真是心狠手辣。）

志狼忿忿不平地握緊拳頭。

此刻，志狼雖然看不到他們的蹤影，卻可以感受到他們的氣息。

於是，他循著那股氣息在黑暗的街道上不停狂奔。

另一方面，蓮花也注意到情況有異，而緊追在志狼的後頭。

蓮花回頭看了一眼宅邸，猶豫了一下，旋即身手矯健地跳下圍牆。

儘管蓮花知道自己這麼做事後可能會被劉備責罵，但是，她卻無法眼睜睜地看著什麼事都要一肩挑的志狼獨自落入危險之境。

志狼循著麥老人等人逃竄的氣息，慢慢地離開夏口城門。

當他走在陰暗的小路上，感覺敵人的氣息愈來愈重。

（他們應該就在不遠處。）

志狼感應到他們開始放慢腳步，因此也不敢追得太近。

不久，麥老人等人在前方停了下來，志狼於是加快腳步跑到樹林裡，找了個地方躲起來。

（奇怪？為什麼只要我一接近他們，感應到的氣息就變得相當模糊？照理說，三個男人和孔明先生、月英合起來應該有五個人，可是，我所感應到的氣息卻非常模糊，也無從得知對方究竟有多少人。）

志狼努力壓抑住內心的不安。

他用力往地上一蹬，身體便在半空中飛舞。

志狼想藉著身體的旋轉，來觀察四周的動靜。

「汪汪汪！」

一陣狗吠聲瞬間響起。

接下來，一隻野狗映入志狼的眼簾。

志狼瞪大眼睛環顧四周，屏氣凝神地想感受出其他的氣息來。

可是，現場除了這隻野狗之外，根本沒有其他人影。

（難道我感受到的只是從這隻野狗所散發出來的氣息？怎麼會這樣……）

志狼的腦海裡一片混亂。

有好一陣子，志狼完全呆立在當場。

（麥老人似乎懂得如何操作氣動的妖術……由此看來，他真的是一個莫測高深的對手。）

想到這兒，志狼不僅沒有一絲畏懼，反而更燃起了他的鬥志。

（麥老人等人捉走孔明先生和月英的用意何在？

他們會去哪裡呢？）

剎那間，志狼想起麥老人說過的話：

「聽著！你只要照著位於天空正左方的老人星往前進，到時候我自然會去迎接『龍天子』。」

志狼不禁抬頭仰望著夜空。

第四章

傳國玉璽

志狼甩開凶狠的野狗後，開始掉頭往來時路跑回去。

（如果讓劉備等人知道這件事，恐怕會把事情鬧得很大。

更何況，對方又是會操控妖術、來路不明的人，所以無論如何，我一定要從麥老人的手中救回孔明先生和月英。）

志狼更加堅定自己救人的決心。

他回到夏口的東城門，抬頭尋找目標——老人星。

由於老人星出現的時間非常短，因此傳說看到它的人可以再多活十年。

志狼先以獵戶星座爲線索，找到了閃閃發亮的天狼星，再把視線慢慢移開天狼星，最後在正左的方向看到了老人星。

志狼按照麥老人的指示，朝著老人星向前進。

沒多久，志狼走到一面大湖前。

（如果我繞湖而行，便會失去正確的方向……）

這時，志狼剛好瞥見一艘停在湖邊的小船，於是他在未經船主的允許之

下，擅自將船駛離湖邊。

這一帶是長江支流——漢水流域的湖泊地帶，所以連接湖和湖之間的水路顯得錯綜複雜，而且還有許多大大小小的島嶼散佈其中。

志狼小心翼翼地朝著西方前進，深怕會陷在這個水上迷宮而進退兩難。

（看樣子，不久之後，我就會到達曹操駐軍的江陵之地。

難道麥老人是曹操陣營裡的人？）

霎時，志狼猛然想起使計綁走真澄的司馬仲達。

仲達雖然只是曹操麾下的武將，卻擁有唯恐天下不亂的「破凰之相」。

每當志狼和仲達面對面時，便能感受到他所發出來的妖氣與野心。

（如果麥老人和仲達是同一夥的話……）

志狼不敢再繼續想下去，只能划著小船往前進。

不知不覺中，志狼感應到一股濃烈的氣息逐漸逼近，不由得提高警覺。

（麥老人一定是為了要掩飾人的氣息，而刻意擴大其他生物的氣息。）

志狼擺好架式，將所有的注意力都集中在辨識四周的氣息上。

頃刻間，一群齜牙咧嘴的蝙蝠彷彿受到指揮般地朝志狼飛撲過去。

志狼不假思索地立即用手遮住臉部。

啪啪啪、嘰嘰嘰……

在這幾秒鐘的時間裡，蝙蝠振翅和嘈雜的叫聲完全淹沒了四周的聲響，使得志狼的注意力也因此分散。

不久，上百隻的蝙蝠成群飛離，現場又回歸靜寂，志狼慢慢放下原本摀著臉的手。

這一瞬間，小船前端忽然出現火把的亮光，而麥老人正站在那裡微笑。

「『龍天子』，歡迎你來。」

此時，志狼才發現到自己的四周早已被幾艘小船給團團圍住，那些船上搭載著幾名手持武器的士兵。

「你把孔明先生藏在哪裡？」

志狼冷冷地問。

「這個嘛……你先見過我們的主君再說。」

說罷，麥老人以眼神示意，士兵們馬上跳到志狼的船上，以迅雷不及掩耳的手法壓制住他，同時用黑布摀住志狼的雙眼，然後繼續划船向前進。

碰！在一陣輕微撞擊聲響起的同時，船慢慢停了下來。

志狼被帶到地面上，接著又踏上坡度很斜的階梯。

（古代應該不可能有這麼高的建築物才對……）

志狼的心中充滿了疑問。

當他們走到階梯的盡頭，旋即又從斜坡往下走。

「把他的黑布拿掉！」

麥老人一聲令下，志狼立刻重見光明。

志狼仔細一看，只見四周盡是大岩石，而自己正在一個大小有如體育館的帳篷裡。

在朦朧燈火的照映下，帳篷上所描繪的幾何圖案顯得相當有異國風味。

「『龍天子』，請往這邊走。」

麥老人朝帳篷裡走，志狼在士兵們的押解下緊跟在他的後頭。

令人不敢相信的是，大帳篷裡竟然還有另一個小帳篷。

小帳篷入口處站著兩名拿著三日月形刀的壯漢，從他們黝黑的膚色看起來，很像是來自西域的人。

志狼一走進小帳篷裡，雙眼便因刺眼的光芒而瞇了起來。

這時，帳篷四周有好幾把火炬熊熊地燃燒，使得帳篷裡變得十分悶熱。

站在帳篷左右方的男人有的穿著漢朝武將的服飾，有的人則身穿獸皮，讓帳篷裡的氣氛顯得更加詭異。

此外，帳篷的正中央有一座高台，台上放置著一個雕刻華麗的座椅。

麥老人留下楞在當場的志狼，緩緩走近台上的座椅。

他在座椅旁恭敬地行鞠躬禮，然後對著後面的簾幕說道：

「主君，屬下已經將『龍天子』帶來了。」

（麥老人口中的主君到底是什麼人？）

志狼好奇地拉長脖子，定定地注視著簾幕。

當簾幕慢慢掀開，先前和麥老人一起捉走孔明夫妻的兩名巨人隨即出現在眾人面前。

緊接著，一個身著如同舞台服裝一般華麗而隆重的戰服，腳上卻穿著鮮紅色繡花鞋的女人站在簾幕前。

志狼難以置信地睜大眼睛，看著她慢慢地向前走。

她的身體雖然被華麗的戰服所包裹著，但是根本無法掩蓋住那引人遐想的豐滿胸部和迷人的小蠻腰。

不過，她走起路來卻像是故意要學男人外八字的走法，令人覺得相當不自然。

當志狼清楚地看到她的臉時，不禁驚爲天人。

她那白皙的小臉好像閃耀著光芒一般，散放出難以形容的不凡氣息。

除此之外，她的兩片紅唇微微噘起，小小的鼻子尖挺而筆直，真可以說是國色天香。

可是，她那對澄澈的大眼睛，一眼散發出藍色光芒，另一眼卻放出綠色光芒。

當她和志狼的目光相接時，彷彿大吃一驚似地睜得更大，而且像失去矜持一般地微張著嘴巴。

見狀，志狼不由得想叫出聲來。

（她大概比我大個一、兩歲吧！如果我們不是在這種情況下見面的話，我想只要她一開口跟我講話，我的一顆心肯定會馬上跳出胸口。）

隨後，她又緊抿著嘴唇，露出一副目中無人的表情。

她坐到那張華麗的座椅上，盛氣凌人地睥睨著志狼。

第四章　傳國玉璽

「你就是『龍天子』？」

她的聲音有些沙啞，不過聽起來還算悅耳。

「是的。妳究竟把孔明先生藏在哪裡？」

志狼大聲地詰問。

「不許你用這麼狂妄的語氣跟我說話！」

她用那對既藍且綠的眼睛瞪視著志狼。

志狼楞了一下，接著以平淡的口吻問道：

「妳到底是什麼人？」

「我正是漢帝袁術之子——袁隗是也。」

袁隗像演員背誦台詞一般地說道。

「換句話說，主君就是將來會坐上漢帝王位的人。」

一旁的麥老人恭敬地說道。

這一刻，現場所有人都肅然起敬地仰望著袁隗。

「雖然你是『龍天子』，但是也不可以對主君無禮。」

麥老人冷眼看著志狼。

但是，志狼還是一臉狐疑地說：

「漢帝王位……什麼意思啊？」

「你看看這個吧！」

麥老人從袁隗座位旁的櫃子裡拿出一個閃著金光的盒子。

「這就是皇帝才會擁有的傳國玉璽。」

這時候，現場所有人都恭敬地跪在地上。

志狼困惑地看著那個盒子，只見一個鑲著金箔的印章狀的東西在金色的盒子裡散發出光芒。

（傳國玉璽是漢朝皇帝代代相傳的御印，皇帝在正式文件上署名之後，還必須蓋上這個印鑑，所以這也是證明皇帝身分的證物。

可是，傳國玉璽怎麼會在這些人的手上呢？）

志狼在腦海裡快速復習自己所知道的歷史知識。

（當時，曹操和袁紹聯手打敗董卓，董卓則火燒洛陽城。後來，孫堅在宮廷廢墟的古井中撿到了傳國玉璽，接著，傳國玉璽被孫堅之子孫策拿來當成借兵的籌碼而轉交給袁紹的弟弟——袁術。袁術以傳國玉璽為證據，在淮南之地稱帝，卻因為沉迷於酒色而走向滅亡之路。

不只如此，歷史上還記載袁術一族已經全都死亡，這麼說來，這個自稱為袁隗的少女究竟是何許人？）

對於這個問題，志狼真的百思不解。

「任何人只要擁有傳國玉璽，便能讓天下萬民依令行事。」

麥老人把傳國玉璽遞過去，想讓志狼看個仔細。

「我父親確實是真正的漢朝皇帝。」

袁隗用她那對藍綠色的眼睛盯著志狼。

「曹操、劉備等叛臣欺下犯上，逼我父皇於死地，實在是罪無可赦！」

從志狼的眼中看來，袁隗認真的表情好像是故意裝出來的一樣。

「我雖然是由側室所生的後代，但現在卻是唯一擁有父皇血統的第一繼位者。」

袁隗不知不覺地抬起下巴。

「自從被逼離淮南之後，我躲躲藏藏了十年，今天終於有機會可以復興漢室了。」

袁隗倏地站了起來，高傲地俯視著志狼。

志狼在無意識中微微地張開嘴巴，雙眼瞪大地望著袁隗。

他不只是被袁隗的美貌所迷惑，還有傳國玉璽、復興漢室……等一連串事情都令他感到錯愕不已。

（袁隗說的話是真的嗎？

算了！管它是真是假，現在最重要的是想辦法救出孔明先生和月英。）

「妳打算如何處置孔明夫妻？」

志狼慢慢地問道。

「你放心，我不會殺死他們的。更何況，我還打算請他們和你一起待在我方陣營一段時間。」

袁隗沉穩地說。

「『龍天子』，你可以懇請主君賜給你一官半職。」

麥老人轉頭看著志狼說道。

頓時，志狼的嘴角露出恍然大悟的笑容。

（原來袁隗想延攬孔明夫妻跟我……可是，她打算怎麼做呢？）

「龍天子！」

袁隗緩緩走到志狼的面前。

她那亮麗而姣美的臉孔在火光中搖曳著，從臉頰到脖子的部位都被火光照成了一片紅。

袁隗的眼睛發出奇異的光芒，全身散發出一股妖氣。

「你願不願意當我的軍師？」

她親切地問道。

當麥老人聽到袁隗說出這句話時，整個臉色爲之一變，可是志狼並沒有注意到。

「如果你願意的話，當我正式繼位爲皇帝時，你將會擁有享不盡的榮華富貴。」

袁隗那張自信的臉孔在志狼面前不停地搖晃。

儘管如此，志狼總覺得袁隗的一舉一動都像戲劇般地不真實。

「我不願意。」

志狼慢慢地吐出這句話。

袁隗一聽到志狼的回答，那對藍綠色的眼睛驟然射出冰冷的光芒。

「哼！就算你不願意，我也不會再讓你回到劉備的身邊。」

（對了！最後滅絕袁術的人正是劉備。

當袁術要向袁紹求援時，半路上卻遭到劉備襲擊，因此功敗垂成。

最後，耽於酒色的袁術在被武將們鄙棄，兵糧也全部用盡的情況下，終於走上滅亡一途。

如此說來，這個自稱是袁術之子的袁隗一直對劉備懷有恨意嘍？

她是想利用孔明夫妻和我來報私仇的嗎？）

志狼不禁瞇起眼睛看著眼前的袁隗。

「『龍天子』，你仔細考慮考慮。」

袁隗說完，倏地一轉身，便頭也不回地走向座椅後面的簾幕。

當袁隗的身影漸漸消失在陰暗中，守衛兩旁的巨人隨即將簾幕放下來。

「來人啊！把『龍天子』帶走！」

麥老人低沉的聲音猛然響起。

「是！」

兩名身材壯碩的士兵馬上從兩邊抓住志狼的手臂。

「這裡的守衛非常嚴密，所以你休想逃走。」

麥老人冷冷地說道。

（他是指我不可能逃得出這複雜的水路嗎？其實我覺得那倒還好，因為跟這幫人牽扯個沒完才令人感到頭痛。）

志狼趁機環顧著帳篷四周，想把這裡的地形牢牢地記在腦海中。

第五章

迷人的袁隗

志狼被兩名強壯的士兵架著雙臂離開了小帳篷，麥老人引領著他們走向大帳幕裡用屏風圍起來的一條小通道。

志狼的心裡相當清楚，要打倒抓住自己雙臂的這兩名士兵是輕而易舉的事，可是，對於莫測高深的麥老人得要提高警覺。

（在還不知道孔明夫妻的所在之前，我絕對不可以輕舉妄動。）

在志狼打定主意的當兒，他們剛好來到了用簾幕隔開的通道盡頭。

麥老人用手拉開簾幕，並以眼神示意兩名士兵帶領志狼進去。

這個空間裡放置了三個大木箱，負責守衛的南山和北河兩兄弟則站在其中的一個木箱前面。

當南山看到長相酷似北河的志狼時，驚愕地瞪大了雙眼。

志狼根本沒有注意到這件事，倒是在看到他們背後的木箱時，忍不住張大嘴巴叫道：

「孔明先生、月英！」

志狼從木箱上的小窗口見到孔明夫妻的雙手被反綁，並以膝蓋著地的姿勢被吊了起來。他們兩人都低垂著頭，一動也不動。

「放心啦！他們只是睡著了而已。」

麥老人的嘴角揚起奸邪的笑容。

此刻，志狼不經意地發現月英微微地張開眼睛，旋即又迅速閉上眼。

「把你們關在一起實在太擠了一點……」

麥老人將放在關孔明夫妻的木箱旁的木箱門打開，在兩名士兵的用力推拉之下，志狼無奈地被關進木箱裡。

「你們要將『龍天子』五花大綁，才不會讓他有機會利用法術脫逃。」

說完，麥老人還瞪了志狼一眼。

那兩名士兵馬上用繩子把志狼的兩手緊緊地反綁，然後在他的腳踝和大腿上用粗繩纏捲住。

接著，他們又讓志狼以雙膝著地的姿勢，將他的兩手往上一吊。

如此一來，志狼的上半身便往前傾，頭也無力地往下垂。

「你要仔細想想主君說過的話。」

麥老人嘲諷地說道，隨後帶著那兩名士兵離開了木箱。

志狼聽到他們關上木箱門，還上了門鎖。

待他們離開之後，志狼努力地抬起頭，從門上的窗口看到外面除了南山和北河之外，並沒有其他的士兵。

志狼一面觀察綁在自己身上的繩子，一面輕輕地活動關節。

由於志狼學會了可以任意變換關節位置的雲體風身之術，所以才一轉眼的時間，他便輕易地鬆開身上的繩子。

（接下來，我得去了解孔明先生和月英的情況。

如果他們已經受了傷，那麼就算我救出他們，也很難逃得出去。）

志狼開始集中精神，試圖以月氏之術的力量，利用心靈喊話達成和月英溝通的目的。

「月英……」

志狼全神貫注地在心裡面呼喚著。

「志狼。」

月英立刻有了回應。

「你們還好嗎？」

「嗯。」

「我會找機會把你們兩人救出來的。」

這個時候，志狼聽到木箱外頭有動靜，馬上運用關節把繩子歸回原位，同時暫停和月英之間的對話。

「快點打開木箱門。」

袁隗高傲地下達命令。

「是！」

南山迅速打開木箱門，讓袁隗走進木箱中。

志狼趕緊低下頭，佯裝成先前被五花大綁時的狼狽樣。

此時的袁隗已經卸掉戰服，換穿一襲低胸誘人的服裝。

「『龍天子』，你會不會覺得無聊？」

「不會。」

志狼抬起頭來，卻剛好看到袁隗那豐滿的胸部若隱若現而一時傻了眼。

「我是真的關心你……」

「如果我以現有的人手來搶回帝位，可能無法達成目標。」

袁隗含情脈脈地望著志狼。

（難道這個沒比我大幾歲的袁隗真的想稱帝？）

志狼定定地看著袁隗的臉。

「麥老人的確是一位相當得力的助手，但是，他的年紀實在太大了，我要的是一個可以和自己成爲知心之友的軍師。」

突然，袁隗的指尖輕輕撫摸著志狼的臉，語氣相當溫柔地說道：

「你應該可以了解我的意思吧！」

說著，袁隗又將臉湊近志狼。

志狼趕忙低下頭，他的視線卻剛好落在袁隗白皙的胸口上。

這一刻，志狼不只小鹿亂撞，整個臉也脹紅起來。

「你身負『龍天子』的使命，應該能了解我想復興漢室的心情才對。」

「不！我一點都不了解。」

志狼用力地搖搖頭，想藉此讓自己亢奮的心情平靜下來。

袁隗則大吃一驚地退了好幾步。

「難道你的意思是說……我不夠資格？」

「我不是這個意思。」

袁隗聽到志狼的回答，立刻抬起下巴說：

「『龍天子』，我可以解開你的繩子，讓你瞧瞧我方士兵們的實力。」

「如果妳這麼做的話，我一定會馬上逃離這裡的。」

「事實上，劉備大勢已去，所以你只有和我並肩作戰來對抗曹操才是上策。」

「其實我不是任何人的同志。」

志狼淡淡地說。

袁隗難以置信地睜大眼睛。過了半晌，她才狐疑地問道：

「那麼……你到底爲何而戰？」

「那是因爲……」

一時之間，志狼不禁爲之語塞。

見狀，袁隗嘲諷地撇了撇嘴說道：

「如果你不屬於任何一方，那麼根本沒有必要爲劉備盡忠效義。」

她一臉認真地看著志狼。

「爲了你自己好，你一定要和我站在同一陣線。」

（不管我說什麼，她還是一直想拉攏我……）

志狼用舌頭舔了舔乾澀的嘴唇，然後輕聲地說：

「好吧！我會考慮。」

「嗯。」

袁隗隨即離開木箱，並從門上的窗口看著志狼。

離去之前，她又像是要展現自己的優勢般地露出輕蔑的笑容。

志狼從窗口望著袁隗漸行漸遠的背影，赫然發現負責守衛的南山和北河也楞楞地目送著袁隗離開。

（他們平常一定沒有機會這麼近距離地看這個美豔動人的袁隗，所以才會被她的美色給迷惑住。

對了，我得趁著這個大好機會逃走。）

志狼快速鬆開綁在身上的繩子。

當志狼無聲無息地站在木箱門前，南山和北河還渾然不覺地望著袁隗的背影。

碰！志狼從南山的背後猛烈揮出一記右拳。

接著，他又用左手打倒了北河。

志狼見他們兩人在地上哀號，馬上跑到孔明夫妻被關的木箱前，準備要救出他們兩人。

就在這當兒，兩名手持三日月形刀的士兵趕了過來。

志狼用力把腳往地上一蹬，整個人便跳到其中一名士兵的面前。

他以迅雷不及掩耳的速度攻擊那名士兵的心窩。

「唔……」

那名士兵痛苦地倒在地上。

志狼搶走他的三日月形刀，朝著另一名士兵的喉嚨丟過去。

「啊！」

那名士兵隨即應聲而倒。

「孔明先生、月英……」

志狼一邊呼喚，一邊用拳頭擊碎木箱門上的鎖頭。

接下來，他一腳跳進木箱裡。

「啊！」

剎那間，志狼被某樣物體絆住腳踝，當場倒了下來。

當志狼看到自己的腳踝時，整個人不禁楞住了。

因爲現在有一條大蛇正不停地發出嘶嘶的吐舌聲，緊緊地纏捲在志狼的腳踝上……

第六章

蓮花救援記

那條大蛇的體長超過三公尺，蛇頭的直徑約有二十公分大。

除此之外，牠纏捲住志狼腳踝的力量也大得嚇人。

「我不是警告過你不要輕舉妄動的嗎？」

麥老人突然出現在志狼的身後。

志狼不理會他，努力用手肘支起上半身。

這時候，有好幾條大蛇正在麥老人的身邊蠕動著。

「發生什麼事情？」

袁隗一臉嚴肅地走進來，看到在地上蠕動的大蛇後，倏地皺起眉頭。

「『龍天子』想逃走。」

「既然如此，你們還不快點把他綁好！」

袁隗緊張地大叫。

只見大蛇一邊發出咻咻的吐信聲，一邊往志狼的身上爬過去。

志狼看著這些大蛇纏捲住自己的身體，完全束手無策。

「『龍天子』，這些大蛇雖然沒有毒性，但是如果你愈掙扎的話，牠們便會一直纏捲到你沒有了氣息為止。」

麥老人若無其事地說道。

過一會兒，那些大蛇已經完全纏捲住志狼的腳踝、大腿、腰部、胸部以及脖子，使得他整個人倒在地上動彈不得。

一旁的袁隗則驚愕地看著這一幕景象。

「來人啊！把『龍天子』吊起來！」

麥老人一聲令下，士兵們馬上將志狼連同那些大蛇一起綁起來，然後高吊在半空中。

「主君，斬斷情絲是在亂世中求生存的必備修行，請妳仔細看著這個讓妳一見鍾情的男人的慘狀。」

袁隗聽到麥老人的話，錯愕地楞在當場，旋即又驕傲地抬起下巴說：

「哼！你不要胡言亂語。」

這當兒，志狼感覺有武人的氣息逐漸接近。

「什麼人？」

麥老人也感覺到一股不尋常的氣息，因此大叫出聲。

袁隗和士兵們嚇了一跳，瞬間停止所有的動作。

不久，他們頭上的帳篷慢慢落下來，蓮花的人影隨即出現在木箱前。

她一鼓作氣地用劍破壞了木箱的門鎖，接著又砍斷孔明身上的繩子。

志狼見到這一幕，開始集中精神，利用雲體風身之術的力量，把身上的大蛇重重地甩在地上。

蓮花迅速鬆開月英身上的繩子，然後和志狼、孔明拚命踢開那些大蛇。

「來人啊！趕快把『龍天子』抓起來！」

麥老人的聲音在帳篷裡響起時，志狼一行人已經逃出去了。

沒多久，當他們來到懸崖邊，守衛在袁隗身邊的那兩個巨人突然從背後抓住志狼，讓他根本還來不及反應就被制伏住了。

這時候，袁隗等人也已經火速趕來了。

「『龍天子』，你竟然敢背叛我……鱶、鮫，不要讓他跑了！」

袁隗大聲下令，鱶和鮫這兩個巨人馬上緊緊地抓住志狼的手臂。

「蓮花，不要管我，你們趕快逃！」

儘管志狼死命大叫，但蓮花根本不聽從他的話。

她站在一塊岩石上，精神抖擻地拔劍出鞘。

這一刻，蓮花發覺胸口上有好幾隻昆蟲，遂反射性地想用手撥掉牠們。

「不要動！那些是毒蠍子。」

聽到月英的警告，蓮花的臉倏地變得鐵青了。

「妳只要稍微動一下，那些毒蠍子尾巴上的毒針就會刺入妳的胸口。而且過不了多久，妳便會去向死神報到。」

麥老人冷冷地說道。

「麥老人，那就趕快讓毒蠍子螫死她呀！」

袁隗彷彿視蓮花為情敵一般，恨得牙癢癢地叫道。

「不行！她是引劉備入甕的誘餌。」

麥老人的嘴角揚起一抹得意的微笑。

（只能趁現在了……）

志狼全神貫注，準備要運用雲體風身之術來擺脫鱶和鮫。

就在這時候，孔明忽然大聲說道：

「蓮花，妳千萬不要動，月英要用火燒死牠們！」

說著，孔明把從帳篷裡偷拿出來的火把遞到蓮花胸前。

「來人！趕快阻止他們！」

麥老人緊張地扯開喉嚨大叫。

可是，月英已經從她的指尖彈出一種煙霧般的黃色粉末。

轉眼間，孔明手拿著的火把的火焰隨著一聲巨響，整個爆了開來。

「啊！」

頓時，眾人的慘叫聲如雷般響起。

志狼運用雲體風身之術的力量，出其不意地用腳攻擊鱶和鮫的膝蓋。

（這是一個大好機會！）

「唔！」

他們兩人痛苦地發出哀號聲，而抓著志狼手臂的力量也減少許多。

志狼趁機擺脫他們，然後對著他們兩人的胸口用力一擊。

這下子，鱶和鮫兩人才終於不支倒地。

志狼轉眼看見袁隗愕然地跌坐在地上，麥老人則鎮定地站了起來。

另一邊，月英和蓮花兩人倒在岩石上，孔明整個人卻被火焰包圍住。

「唔、唔……」

他一邊呻吟，一邊蠕動著身體。

「孔明先生！」

志狼拔腿狂奔過去。

「哼！你休想逃走！」

麥老人隨手拿起一個雞蛋大小的石塊，朝著志狼丟過來。

月英看透麥老人在石塊上施加了法術，於是也丟了一塊小圓石過去。

說時遲那時快，小圓石擊中麥老人的石塊，致使石塊打中志狼的右腳踝，而偏離了麥老人原先所瞄準的胸口。

「啊！」

志狼的右腳踝被這施了法術的石塊一打，整個人竟然飛了出去，最後落到懸崖邊。

（麥老人的法術果然厲害！）

志狼本想站穩身子，沒想到腳下一個踉蹌，便跌入黑暗的萬丈深淵中。

他在半空中不停掙扎，試圖用手來抓住一些東西。

剎那間，一團火球也滾落了下來。

志狼大驚失色地抬頭一看，只見孔明的身體被一團火球籠罩著，慢慢地滾落懸崖邊。

不久，那團火球在志狼的眼前消失無蹤。

（孔明先生……）

志狼只能任憑自己在黑暗中不斷地往下掉。

第七章

巧遇茶盆

「孔明先生！」

蓮花眼看被火焰包圍的孔明滾落懸崖，立即伸出手想抓住他。

「啊！」

可是，蓮花一個不小心，身體失去了平衡，整個人也掉到懸崖下。

這時候，許多趕來支援袁隗的士兵們全都呆楞地看著這一幕。

麥老人跑到懸崖邊，仔細窺探一番之後，又俯視著倒在岩石上的月英。

「趕快把這個女人抓起來！」

他怒氣沖沖地命令道。

鱶和鮫兩人隨即抓住月英的手臂，並且把她拉起來。

「我一定要把她殺死！」

說完，袁隗馬上從鮫的腰際抽出一把三日月形刀，然後跑到月英面前，咻咻咻地揮起刀來。

「如果妳殺死我，就沒有棋子可走了。」

月英的表情相當鎮定。

「妳說什麼？」

袁隗狐疑地瞪著月英。

「憑妳一個女流之輩想要稱帝的話，手中的棋子當然是愈多愈好，但是妳已經失去志狼和足智多謀的孔明先生，所以妳絕對不能再殺死我。」

「少說廢話！」

說著，袁隗又揮起大刀。

「主君，住手！」

麥老人從後頭抓住袁隗的手。

「她說的沒錯，我們目前還沒有足夠的力量可以向敵人正式宣戰，所以我們必須智取而不能力敵。更何況，這個女人還有利用的價值。」

聽到這些話，袁隗的手慢慢垂了下來。

接著，麥老人又說：

「此外，我們必須找出孔明和『龍天子』的下落。」

「你的意思是說……他們還活著？」

袁隗又驚又喜地看著他。

「如果他們還活著，無論如何絕不能讓他們回夏口去。若是已經死了，我們也要拿到他們兩人的首級。」

麥老人低沉地說道。

「既然如此，那就趕快去找孔明、『龍天子』，還有那個女人啊！」

袁隗尖銳的話聲甫落，士兵們立刻準備動身。

麥老人狀似滿意地泛起微笑，接著又對士兵們說：

「大家盡量活捉他們回來，若無法活捉便格殺勿論。總而言之，絕對不能讓他們活著回夏口去。」

「任何人只要抓到他們，我除了重金獎賞之外，還將提拔他爲武人。」

袁隗又補充說道。

聽到這句話，站在不遠處的南山戰戰兢兢地開口問道：

「主君，這是真的嗎？」

「我絕不說謊！」

袁隗信誓旦旦地說。

「是！」

就這樣，南山和其他士兵們對著袁隗行了個鞠躬禮，旋即兵分四處。

同一時間，志狼正漂浮在冰冷的湖面上。

儘管志狼冷得牙齒喀喀作響，被麥老人用石塊擊中的右腳踝疼痛不已，但是有一件事情讓他完全忘卻了這些疼痛與寒冷。

志狼的腦子裡不斷想起孔明被火球包住，最後滾落懸崖的那一幕景象。

（就算孔明先生沒有被火燒死，從那麼高的懸崖跌下去也很難活命。可是，根據歷史上所說，孔明先生不應該在這時候殞命才對……）

想到這裡，志狼突然感到相當懊悔。

（如果我能早一點使用雲體風身之術，先將袁隗等人打倒的話，或許孔明先生就不會慘遭毒手了。）

志狼的一顆心不由得刺痛起來。

（今後，少了孔明先生的三國歷史將會變成什麼樣？

何況放眼天下，根本沒有人可以取代足智多謀的孔明先生。

劉備在這最艱困的時候失去了孔明先生，那麼要和吳國結盟的戰略便很難成功。如此一來，劉備軍在曹操的大軍面前根本不堪一擊……）

一陣恐懼打從志狼的心底深處竄了上來，

志狼茫然地仰望夜空，突然發覺周遭有些微變化。

他緩緩轉移視線，看到遠處黑暗的湖面上有著一些在小船上點起的火把亮光。

（糟糕！一定是袁隗派人來找我了。）

志狼出於反射性地開始往前游，卻因右腳踝上的傷口痛楚難當，以至於根本無法再用腳來打水前進。

（看樣子，我只能用狗爬式來游了。）

於是，志狼的雙手拚命地滑水向前。

（我應該先找一個地方落腳，再去救月英跟蓮花呢？還是先去通知劉備等人？）

志狼一邊向前游，一邊在腦中思考。

過了不久，當志狼全身無力的時候，眼前剛好看到一座四周都是丈高蘆葦和蓊鬱樹木的小島。

（太好了！這座小島正適合我躲藏起來。）

志狼一鼓作氣地游到小島邊，頓時感應到一股人類的氣息。

他仔細觀察小島好一會兒，然後小心翼翼地潛進水裡。

經過一段時間，志狼從小島另一邊的水面冒了出來。

他暫時停止一切動作，只把眼睛露出水面。

此時，在朦朧的月光下，有一個人正坐在一艘小船上。

（奇怪？怎麼會有人在夜裡划船……）

志狼深吸一口氣，隨即無聲無息地游到小船邊。

他兩腳一蹬，利用反作用力跳到小船上，同時在對方毫無防備之前準備揮出右拳。

瞬間，志狼又匆匆地收回拳頭。

「啊……志狼！」

茶盆驚喜地叫出聲來。

「噓！」

志狼急忙用手摀住她的嘴巴。

這時候，茶盆的兩隻手緊緊地握住志狼的手。

「沒想到，我還能夠再遇見你，真是太幸運了！」

她嬌嗔地說道。

「茶盆，妳怎麼會在這裡？」

志狼疑惑地問道。

「因爲有一個跟你長得很像的男孩子身體不好，我想拿藥給他吃，於是就追了出來，不知不覺中到達這裡，還遇見了我的夢中情人。」

說著，茶盆便緊緊地抱住志狼。

「志狼，我真的好喜歡你哦！」

「茶、茶盆，妳能不能安靜一點？」

志狼輕聲說道，並使力推開茶盆。

「啊！我太吵了嗎？」

茶盆壓低聲音問道。

志狼點點頭，旋即警戒地環顧四處。

「志狼，有人要追殺你嗎？」

茶盆不安地看著他。

「嗯。」

「志狼，雖然我很喜歡你，但是我不會幫助壞人的。」

茶盆一臉正經地說道。

「不！我不是壞人呀！」

志狼急忙爲自己辯解，可是，茶盆仍然露出懷疑的表情。

「是他們爲了個人的私利綁走我，還對我的同伴下毒手……」

頓時，志狼的腦子裡又浮現出孔明被火球包圍而掉到懸崖下的那一幕。

茶盆定定地望著他，然後從嘴裡吐出這句話：

「如果我把你交給那些人的話，他們會如何處置你？」

「他們會把我五花大綁地吊在半空中，做爲引來我其他同伴的誘餌，然後再把我們統統殺死。」

志狼爲了恫嚇茶盆，所以故意誇大其詞。

「是、是真的嗎？」

茶盆非常害怕似地問道。

「嗯。」

「既然如此，不管將來發生什麼事情，我都會站在你這一邊。」

茶盆正經八百地承諾道。

「茶盆，謝謝妳。」

志狼終於鬆了一口氣。

「不過，我有一個條件。」

茶盆刻意降低音量。

「什麼條件？」

志狼也壓低了聲音。

「是這樣的，我的小船卡在淺灘上一動也不能動，所以要請你幫忙推一下。」

茶盆的手指著小船下方。

志狼馬上低下頭去查探，這才發現小船在淤泥上擱淺了。

「其實妳只要到水裡推一下小船，小船就可以動了。」

「我不想弄濕身體嘛！再說，我又不會游泳，萬一不幸滅頂的話……」

說著，茶盆不禁用兩手緊緊地抓住船舷。

「志狼，你幫一下忙嘛！」

「好吧！」

志狼跳到水裡去，兩手搭在小船邊用力一推，可是小船竟然文風不動。

事實上，由於身材壯碩的茶盆坐在小船裡，再加上志狼的腳踩在淤泥上無法使力，所以小船才會一動也不動。

「志狼，還是不行嗎？」

茶盆沮喪地問道。

「如果妳下來的話，我用一隻手就可以推動它了。」

一

「我才不要下水呢！志狼，你想害死我嗎？」

茶盆死命抓著船舷不放。

志狼拿她沒辦法，只好運用雲體風身之術的力量來推移小船。

轉眼間，小船已經離開了淺灘，漂浮在比較深的湖面上。

志狼一跳到小船上，便看到茶盆開心地笑道：

「哇！志狼，你真厲害！」

「妳過獎了。」

志狼坐穩之後，茶盆拿起船槳，準備划船離開。

「對了，我們現在要去哪裡？」

聽到茶盆這麼問，志狼還真不知道該如何回答。

就在這一刻，前方有一艘船朝著他們的方向而來。

「志狼，那是不是追兵來了？」

「大概吧！」

「沒關係，我知道該怎麼做。」

茶盆動作熟練地划著小船向前進。

等看不見那艘船時，志狼這才鬆了一口氣。

這時，茶盆帶著色迷迷的眼神看著志狼笑道：

「嘻嘻！我真的沒想到你會在這裡出現。看樣子，我們還真有緣哪！」

茶盆放下船槳，將身體靠了過來。

「別、別這樣！小船會沉下去……哎喲！」

就在志狼左躲右閃時，不幸被茶盆踩到了右腳踝。

「啊！對不起，你的腳受傷了嗎？」

茶盆關切地問道。

「嗯。」

「讓我看看！」

茶盆用力把志狼的右腳擱到自己的膝蓋上。

來。

「哇、哇！」

茶盆粗魯的動作不僅讓志狼整個人失去平衡，連小船也開始劇烈搖晃起來。

「志狼，小心！」

茶盆嚇得大叫出來，還緊抓著志狼的手不放。

「噓！小聲點。」

志狼一邊四處觀望，一邊用手摀住茶盆的大嘴巴。

「嗯……嗯……」

霎時，志狼的手感到一股溫熱，這才發現茶盆竟然在舔他的手。

志狼驚嚇得趕緊抽手回來。

「你的手好軟。」

「是、是嗎……」

一時之間，志狼真的不知所措。

「對了，志狼，之前從那座大岩山上落下來的就是你，對不對？」

茶盆突然問起這個問題。

「妳看到了？」

志狼詫異地看著茶盆。

茶盆點了一下頭。

「可是，我覺得有點奇怪耶！因爲一開始落水的人是你，但緊接著又有一個人被火球包住從大岩山上掉下來，這到底是怎麼一回事啊？」

志狼聽到茶盆的話，胸口隱隱刺痛了起來。

「唉！這一切說來話長。茶盆，妳有沒有看到那個人怎麼樣了？」

志狼用沙啞的聲音問道。

只見茶盆搖著頭說：

「因爲距離實在太遠了，我根本看不清楚。不過，我想那個人八成是死了。」

「是嗎……」

志狼的心底猛地一驚。

（孔明的確是凶多吉少，無論如何我都得接受這個事實。）

「志狼，那個人是你的同伴嗎？」

「嗯。」

志狼點點頭。

「對許多人而言，孔明先生是一個相當重要的人物。」

「原來那個人是孔明先生……好可憐哦！」

茶盆露出憐憫的表情。

「可是，還好你活下來了呀！而且活著的人得振作起精神才行。」

茶盆不禁用力抱緊志狼的肩膀。

如此一來，志狼原本疼痛的右腳踝又因爲茶盆這個動作的反作用力而更加刺痛了。

「我的腳好痛！」

志狼不由得大聲哀號。

茶盆立刻用那雙大手摀住他的嘴巴。

「噓！安靜一點。」

可憐的志狼只能輕聲地呻吟。

過了不久，茶盆將小船划向一座沙灘旁有著茂密樹木的大島。

「我們就躲在這裡吧！」

茶盆手指著大島說道。

「嗯。」

志狼微微地點頭。

「我先下去推船。」

志狼爲了讓小船可以安全靠岸，只有忍著右腳踝的痛楚，從小船上一躍而下。

他將小船推到沙灘上，再伸出手來接茶盆。

「志狼，你真體貼。」

茶盆扶著志狼的手，小心翼翼地從小船上下來。

「走吧！」

志狼用力扛起小船，準備要往前走。

「唔……」

可是，志狼的右腳才剛走一步，劇烈的疼痛又讓他立刻縮了回來。

「腳很痛吧？」

志狼不發一語地點點頭。

「我來拿小船吧！」

說著，茶盆將小船接了過來。

然後，她又把志狼的右手搭在自己的肩膀上。

「茶盆，謝謝妳。」

志狼非常感激地說道。

「你不用跟我客氣。」

就這樣，身材壯碩的茶盆一手拿著小船，另一隻手攙扶著志狼往大島裡走去。

他們穿過雜草叢生的樹林，來到一處圓形的空地上。

這時，全身濕答答的志狼疲累地躺了下來。

「真舒服！」

茶盆將小船放下來，一屁股地坐在志狼身邊。

「志狼，你的腳腫得好大……」

茶盆指著他的右腳踝說道。

然而志狼並沒有作任何回應。

頓時，茶盆用十分熟練的手法抓住志狼的右腳踝，然後用力一扭。

「啊！」

一陣刺骨的痛楚瞬間竄過志狼的全身。

可是，在這陣痛楚過後，志狼突然感覺右腳踝好像已經恢復了正常。

他驚訝萬分地看著茶盆。

「茶盆，妳會推拿術嗎？」

「嗯，我懂一點。不過，你的腳可能還要一段時間才能完全復原。」

說著，茶盆從懷裡拿出一種藥來。

志狼見狀，輕輕地閉上眼睛。

剎那間，他又想起孔明死亡一事。

（事情發生得太快，我根本還無法去面對這個事實。）

這一刻，志狼所有的心思都被右腳踝的痛楚和孔明之死的衝擊所佔據，以至於沒有發現到有人正逐漸接近他們。

「真是討厭的不速之客！」

茶盆忽然大叫出聲。

志狼一時還不清楚狀況，只是緩緩地睜開雙眼。

「志狼，你看！」

茶盆蹲在志狼的腳邊，雙眼瞪得老大地直視著前方。

這時候，志狼才驚覺四周有一股殺氣。

第八章

武人之夢

志狼動作迅速地站起來，還擺出一副防禦的架式。

南山和北河兩兄弟被他的動作之快給嚇得楞在當場，連手上拿著的刀也開始顫動起來。

志狼正準備出手，卻突然被茶盆拉住。

「志狼，他們手上有拿刀耶！如果你不小心受傷了怎麼辦？」

這時候，北河開始咳了起來，一旁的南山非常擔心地看著他。

現在，志狼完全感受不到一絲絲殺氣，因此毫無防備地站在原地。

「我本來還想給你送藥來的，哪曉得你們竟然要拿刀殺人！」

說完，茶盆滿臉不悅地嘟起嘴巴。

「茶盆，妳認識他們啊？」

志狼狐疑地問道。

「嗯，他們和你一樣都是我店裡的客人嘛！」

茶盆將視線轉移到南山和北河的身上。

「對了，你們來這裡幹什麼？」

「我弟弟的身體狀況不是很好，所以我先帶他來這裡休息一下。」

南山和顏悅色地說。

「哥哥，不要回答任何問題！」

北河十分緊張地提醒道。

「對哦！」

南山猛地吞了一口口水。

「說真的，你弟弟跟志狼長得還真像。」

茶盆故意轉移話題，企圖緩和尷尬的氣氛。

「嗯……還真是像呢！」

南山不知不覺地又開口說話了。

聞言，志狼也好奇地端詳著北河的臉。

北河不禁焦躁地大叫：

「哥哥！趕快動手！」

「唔……嗯。」

南山點點頭，旋即往前踏出一步。

「『龍天子』，納命來！」

「等一下，你說志狼是『龍天子』？」

茶盆一臉驚異地問道。

「是呀！難道妳不知道嗎？」

茶盆並沒有回答，而是突然在志狼的面前跪下來，雙手合十，開始虔誠地膜拜起來。

「茶盆，不，不要這樣……」

志狼慌張得手足無措。

就在這時候，北河走到志狼的身邊，戰戰兢兢地開口說：

「你還是乖乖地跟我們走吧！」

「喂！你有沒有搞錯？『龍天子』和神明一樣偉大，怎麼可以隨便跟你們走？」

茶盆一面吼道，一面把北河推到旁邊去。

南山好像被茶盆這一番話給打動心意，慢慢將高舉的刀子放了下來。

然而，北河卻不為所動地說：

「少囉嗦！任何人只要站在劉備那一邊，便是我們的敵人。」

（莫非他們和劉備有著深仇大恨？）

志狼感到相當困惑。

「殺！」

北河趁著志狼毫無防備之際拿刀砍了過來。

雖然志狼微微一閃便躲過了他的攻擊，但一個不注意，卻反而被濡濕的草地給滑了一下。

「好痛！」

此時，志狼的右腳踝又開始抽痛起來。

「『龍天子』，你受傷啦？」

南山皺著眉頭問道。

「是啊！他的右腳踝上腫了一個大包。」

茶盆代替志狼回答。

北河一聽，如釋重負般地笑道：

「哈哈哈！這真是天意。哥哥，我們先下手爲強。」

茶盆馬上護在志狼面前，忿忿不平地說：

「志狼都已經受傷了，你們還要抓他回去……真是冷血動物！」

「妳再囉嗦的話……咳、咳……」

話說一半，北河又劇烈地咳了起來。

南山面露難色地看著北河和志狼兩人，但是，隨後又彷彿下定決心似地逼近志狼。

他正襟危坐地把刀子放在一旁，然後定定地看著志狼。

「『龍天子』，可不可以請你乖乖地束手就擒？」

南山一臉正經地請求道。

「喂！你瘋啦？」

茶盆憤怒地叫道。

「不，請你們聽我說。」

看到南山那副認真的表情，志狼、茶盆，甚至連北河都安靜了下來。

「事實上，袁隗不只命令我們這些士兵來抓『龍天子』，還說如果你想逃走的話，我們可以格殺勿論。」

茶盆聽到這一席話，嚇得渾身直打顫。

「她派了許多士兵們出來尋找『龍天子』的下落，所以就算你能逃得了這裡，也難保不會被其他士兵們找到。再說，你的右腳又受了傷，一定沒有辦法逃出主君的手掌心的。」

「我知道了，你是想說反正『龍天子』遲早都會被抓走，乾脆就讓你們兩人建功，是不是？」

茶盆冷冷地問道。

「是的。」

「你會這樣誠心地要求，一定是有什麼特別的原因吧？」

茶盆儼然一副「龍天子代理人」的姿態，讓在一旁的志狼連開口說句話的機會都沒有。

「嗯。我是伍南山，他叫伍北河，我們出生於淮南一戶養豬人家……」

「哥哥，幹嘛講這些事？」

北河滿臉不耐煩地打斷南山的話。

「你別吵，讓我繼續說下去。」

南山舉起手來制止北河。

「在因緣際會下，我們投效到袁隗的麾下。現在，如果我們抓到『龍天

子』的話，便會被提拔爲武人。『龍天子』，求求你跟我們走，讓我們成爲武人吧！」

說完，南山開始對志狼磕頭。

「你們爲什麼一定要成爲武人？」

茶盆不解地問道。

「因爲那是家母畢生的願望。家母原本出身於武人之家，可是，在外祖父那一代卻因戰敗而家道中落，所以她一生的心願就是希望能重振門風。」

南山緩緩將視線移向遠方。

「家父雖然也曾當上武人，但是仕途一直不順，家母只好把一生的夢想寄託在我們兩兄弟身上。」

「原來如此。」

茶盆露出一副感同深受的模樣。

「可是，話說回來，袁隗有什麼資格可以提拔你們爲武人呢？」

志狼直截了當地把問題說了出來。

南山頓時答不出話來，北河連忙替他回道：

「袁隗的手中有傳國玉璽。」

「那就表示她是皇帝嗎？」

志狼追問道。

「當然！只要她揭竿而起，一定會有很多人前來效力。到時候，袁隗的勢力會與曹操、孫權等人並駕齊驅，所以她當然有資格冊封我們爲武人。」

（袁隗根本是在欺騙大眾。）

儘管如此，熟知歷史的志狼卻無法對他們說明真相。

「對了，反正你們只是想成爲武人嘛！爲什麼不乾脆請志狼冊封你們爲武人呢？如果不滿足的話，志狼還可以請求劉備大人提拔你們啊！」

茶盆振振有詞地說出這一番話。

「不行！劉備是我們的仇人。」

南山頓了一下，接著又說：

「十年前，家父被袁隗的父親——袁術提拔為武人，可是，曹操和劉備等叛臣卻發動戰爭，將袁術一族消滅殆盡。」

「不！事情不是這樣的！其實是袁術自己沉溺於女色、胡作非為，以至於身邊的親信一個個離開，所以他根本是咎由自取的。」

茶盆大聲反駁南山的話。

「咦？難道你們的父親是因為袁術眾叛親離才被拔擢為武將的？」

她毫不客氣地質問道。

「住、住口……咳、咳！」

北河痛苦地用手摀著嘴巴。

「家父好不容易當上武人，卻因劉備殲滅袁術而毀了前程，所以家母一直對劉備懷恨在心。」

南山落寞地說道。

「說實在話，你的體格很好，但是心地太善良了，根本不適合做武人。至於你弟弟一天到晚咳呀咳的，怎麼可能成爲武人呢？所以你們兩兄弟還是趕快回老家去吧！」

茶盆試著說服南山。

這一刻，南山的眼裡緩緩落下斗大的淚珠。

「家母不會原諒我們的……她曾經告誡過我們，若沒有成爲武人便不准進家門。」

「當武人是很威風沒錯，可是武人是要打仗的，像你們這麼沒自信的人，一上戰場便會馬上被殺死的！」

茶盆用一副大姊般的口吻斥責道。

「儘管如此，我們還是不想讓家母失望。」

說完，北河又開始咳個不停。

「你這麼虛弱怎麼當武人？」

茶盆走到北河的身邊，然後從懷裡取出一顆藥丸。

「來，把這顆藥丸吃下去。」

「謝謝。」

北河接受了她的好意。

就在這時候，志狼忽然語出驚人地說道：

「你們帶我走吧！」

霎時，茶盆、南山和北河都不約而同地轉過頭來瞪著他看。

「伍南山，你說的沒錯，以我的傷勢來看，就算逃得了這裡，也一定會被其他士兵們找到的。」

「可是，這麼一來……」

茶盆的話才說到一半，便被志狼給打斷。

「沒關係的。他們把我交到袁隗手中後，就可以順利成爲武人。可是，如果他們今天放我一條生路，將來一定會受到袁隗的懲罰。」

「志狼，你怎麼老是為別人想呢？」

茶盆無奈地搖搖頭，隨即又用嚴厲的眼神看著志狼。

「不行！你絕對不能跟他們走，因為那個袁隗一定會殺掉你的。」

「不會的，到時候我們一定會請袁隗饒過『龍天子』一命。」

南山插口說道。

「不可能的，袁隗一定要殺死『龍天子』和劉備大人才能揚名天下。」

說到這兒，茶盆突然嚴肅起來。

「你們給我好好聽著！這個名叫志狼的男孩子是『龍天子』呀！他是一個能為這個世界帶來和平的重要人物，難道你們要眼睜睜地看著志狼……不，看著『龍天子』死掉嗎？」

南山半晌說不出話來，而北河也無言以對地低下頭。

「茶盆，妳放心，我不會有事的。」

志狼把手放在茶盆的肩上安慰道。

「不管怎樣，你絕不能跟他們走。」

茶盆斷然說道。

這時，南山無力地垂下頭，北河也垂頭喪氣地跌坐在地上。

（如果我故意被他們抓住的話……不行！茶盆一定不會答應的。可是，再這樣下去，我根本就動彈不得……）

志狼在心裡盤算著。

就在這當兒，志狼感受到一股不尋常的氣息正逐漸接近他們。

「有人來了！」

南山和北河聽到志狼的叫聲都大吃一驚地站了起來。

「怎麼辦？」

茶盆不安地看著志狼。

「躲到我後面去。」

志狼見南山和北河兩兄弟還在猶豫，因此用命令的口氣對他們說：

「你們也一樣。」

在不知道該如何是好的情況下，他們兩人只好順從志狼的話。

「在那邊！」

「追啊！」

追兵們的嘈雜聲愈來愈大。

頓時，志狼又感受到一股武人的氣息正快速逼近他們。

志狼擺好備戰姿勢，將全部的注意力集中在一個定點。

不久之後，陰暗的樹林裡慢慢顯現出一個人影。

「蓮花！」

志狼難以置信地叫道。

蓮花倏地停下腳步，瞪大了眼睛環視著在場的四個人。

第九章

鮮血染紅大地

「志狼……」

蓮花全身濕透，顯得十分疲累的樣子。

她的肩膀附近流出血來，全身上下有許多處擦傷。

「妳不是志狼的朋友嗎？」

茶盆對她露出親切的微笑。

當蓮花的視線轉移到北河的身上時，只見他的臉突然羞赧地脹紅起來。

「找到了！」

此時，一名士兵率先發現志狼等人的行蹤，於是興奮地大叫。

「啊……」

瞬間，志狼只用一拳攻擊，那名士兵便當場倒地不起。

沒多久，又有二十幾名士兵們將志狼團團包圍住。

其中一個大鬍子宛如是指揮者一般地下令：

「抓起來！」

那群士兵們聽到命令後，開始向志狼逼近。

「殺！」

兩名手持三日月形刀的壯漢首先衝過來，志狼則站在原地嚴陣以待。

一轉眼，志狼便將那兩名壯漢撂倒在地上。

其他的士兵們見到這一幕，都嚇得不敢再向前走一步。

「先把那兩個女人抓起來！」

大鬍子用沙啞的聲音命令道。

於是，那些士兵們轉移攻擊目標，準備襲擊外貌比較柔弱的蓮花。

「可惡！」

蓮花以迅雷不及掩耳的速度打倒了一名士兵。

不只士兵們對她的身手感到驚訝，連茶盆、北河和南山也都不敢相信地瞪大眼睛。

大鬍子先是楞了一下，隨後又焦躁地大叫：

「你們還在猶豫什麼？趕快動手啊！」

志狼見機不可失，連續對十幾名士兵們展開攻擊。

另一方面，蓮花強忍著疲憊，不停地在半空中飛舞，想藉此來混亂敵人的判斷力，然後再趁隙以虛拳來攻擊。

「嘿咻！」

頃刻間，兩名士兵便相繼倒在蓮花的拳下。

「怎、怎麼會……」

大鬍子看著自己的屬下們兵敗如山倒，驚愕得直往後退。

說時遲那時快，志狼瞄了蓮花一眼後，一鼓作氣地向前衝。

大鬍子還來不及反應，便被志狼猛烈而快速的拳頭擊倒。

「唔……」

大鬍子痛苦地呻吟一聲，然後又重新站起來應戰。

這時候，另一邊的蓮花正彎著身體，拚命地用短刀抵擋一名士兵的三日

月形刀。

突然間，又有兩名士兵繞到蓮花的背後，準備要趁機偷襲她。

見狀，北河不禁驚慌地尖叫：

「小心後面！」

蓮花吃驚地回頭一看，只見兩名面目猙獰的士兵正揮動著大刀。

（糟糕！蓮花有危險了。）

志狼急著想搭救蓮花，所以集中全力對大鬍子發動致命一擊。

此刻，蓮花勉強閃過其中一名士兵的大刀，可是另一個士兵又對準著她揮刀而來。

這一瞬間，蓮花彷彿認命般地閉上眼睛。

「啊！唔……」

誰知道，那名士兵在哀號一聲後，竟然一命嗚呼了。

蓮花猛地張開雙眼，才看見北河手上的刀子正刺進那名士兵的胸口。

「快逃啊！」

就在北河對著蓮花大喊之際，另一名士兵已經用大刀對準了他。

「你竟然敢背叛主君……去死吧！」

那名士兵從北河的背後砍了上去。

「啊——」

慘叫聲響起的同時，北河的脖子部位也射出一道鮮血。

「北河！」

南山急忙跑過去。

志狼轉頭看見北河倒在地上，怒不可遏地衝過來。

「喝！」

他大喝一聲，旋即伸出腿來施展猛烈的迴旋踢。

「唔……」

那名士兵往後一倒，昏厥了過去。

志狼小心翼翼地環顧四周，發現追兵們都已經倒在地上之後，這才鬆了一口氣。

「志狼，剛才真的好可怕。」

茶盆用顫抖的聲音說道。

「不過，我們還是要小心一點，因爲他們有些人只是昏過去而已。」

志狼警戒地東張西望。

茶盆一聽，不禁喃喃說道：

「啊！爲什麼不把他們統統殺死？」

志狼並未答腔，而是默默地走向南山。

「北河！北河……」

頓時，南山悽慘的叫聲響遍了大地。

他的臉上佈滿了淚水，正緊緊抱著全身癱軟的北河。

蓮花蹲在北河身邊，語帶哽咽地問道：

「你爲什麼要救我？」

北河努力睜開眼來看著蓮花，嘴角漸漸泛起一抹微笑。

「我、我只是……不希望看到妳死……」

「北河，你不要再說話了，我現在就帶你去找醫生。」

說著，南山企圖抱起北河，卻被北河給制止了。

「哥哥，不用了，反正我也活不了多久……咳、咳！」

北河又劇烈地咳起來，一絲血水還從他的嘴角流了下來。

「哥哥，請你答應我一個請求。」

「你說，我什麼事都答應你。」

南山淚如雨下地猛點頭。

「我跟『龍天子』長得很像，對不對？你就拿我的頭僞裝是『龍天子』的首級給袁隗，好讓她冊封你爲武人，也可以達成母親多年來的願望。」

大概是迴光返照的關係，北河一口氣說完自己最後的心願。

135

第九章　鮮血染紅大地

聽到北河這一番話，在場所有人都呆楞地說不出話來。

「『龍天子』。」

北河慢慢將眼光落到志狼的身上。

「求求你……暫時不要露面，我、我們的夢想……便能實現……」

北河那雙澄澈的眼睛閃著生命中的最後光芒，定定地看著志狼。

一時之間，志狼真的不知該如何以對。

北河得不到志狼的回應，於是抓住南山的手說：

「哥哥，你一定要把我的首級交出去，然、然後……做一個堂堂正正的武人，討母親的歡心……」

北河用盡最後一絲力氣把話說完後，瞥了蓮花一眼，隨即就閉起雙眼。

「北河！」

南山抱緊北河的身體，開始號啕大哭。

蓮花和茶盆見到這一幕，都情不自禁地掉下眼淚。

志狼則將臉轉到一邊去，用手擦拭眼角的淚水。

「志狼，實現他們的夢想吧！」

經過半晌，茶盆才開口打破沉默。

志狼依舊噤若寒蟬地低著頭，倒是蓮花不以為然地說道：

「可是，像袁隗那種人哪有資格來冊封武人？」

「那已經無所謂了。」

茶盆將目光轉移到北河身上。

「因為不管怎樣，我們都要完成伍北河的遺願。」

「話雖如此，但是……」

「他是為了救妳才死的，不是嗎？」

被茶盆這麼一問，蓮花完全無話可說了。

「你們聽著，這是能讓大家平安離開這裡的最好方法。」

茶盆正經八百地下結論。

「再說志狼和妳都受了傷，很難帶傷逃離追兵的攻擊。所以如果伍南山對那些昏厥的士兵們揚言『龍天子』已經死了的話，那些士兵們肯定會一哄而散，到時候你們便能安心療傷。」

「這一招或許可以瞞過袁隗等人，可是，如果被她發現這是一場騙局，那麼伍南山還是會被殺死的。」

蓮花不安地看了南山一眼。

只見茶盆相當自信地答道：

「妳放心，那些人絕對不會發現的。因爲伍北河和志狼長得這麼像，更何況人死了之後，外表總會有一些改變。」

「唉！過不了多久，這樁騙局一定會東窗事發的。」

志狼輕聲地喃喃說道。

茶盆對志狼搖搖頭，接著冒出這句話：

「兩天，我們只需要兩天的時間。」

「啊？」

志狼狐疑地望著她。

茶盆走到南山的身邊，然後蹲了下來。

她把手搭在南山的肩膀上，以輕柔的口吻說：

「袁隗冊封你為武人後，你就帶著蓋有玉璽印鑑的證明，以回鄉告知令堂這個好消息為由離開袁隗。」

南山一臉茫然地沉默不語。

「到時候，不管你到哪裡去，都能夠以武人的身分暢行無阻。」

說到這裡，茶盆猛然抬起頭來看著志狼。

「這整件事情一直到塵埃落定可能要花上一、兩天的時間，所以你要耐心等待。」

雖然志狼頗表贊同地想點頭，但還是強忍著不作任何表態。

「伍南山，你一定要完成你弟弟的遺願。」

說著，茶盆輕輕地扶著南山站起來。

「你取下『龍天子』的首級，這可是大功一件哦！」

聽到這句話，南山不禁抬起頭來，戰戰兢兢地看著志狼。

「你放心，志狼也會同意你這麼做的。」

茶盆故意大聲說道。

瞬間，豆大的淚珠從南山的眼裡落下來。

志狼看見他這副模樣，也不禁爲之鼻酸。

過一會兒，南山止住淚水，心情逐漸恢復平靜。

「『龍天子』，請你成全我。」

他面對著志狼，整個人趴在地上。

「無論如何，請你不要破壞我們的計畫。」

南山誠懇地請求道。

「這……」

一陣複雜的思緒霎時湧上志狼的心頭，使他無從決定答應或拒絕。
正當志狼徬徨之際，蓮花猛然握住他的手，好像在催促他應允一樣。
由於遲遲得不到志狼的首肯，南山有些失望地退縮了。
「不要擔心，『龍天子』會幫助你的。」
茶盆隨手拿起一把放在地上的大刀，然後交到南山的手上。
「完成你弟弟最後的願望吧！」
「嗯。」
南山緊咬著嘴唇，下定決心地點點頭。
然而，他才剛舉起大刀，便忍不住傷心地放聲哭了起來。
「別想那麼多了。」
茶盆用手輕拍他的肩膀。
於是，南山深吸一口氣，用力地閉上眼睛，然後再度睜開雙眼，緊咬著牙，將手上的大刀朝著北河的脖子砍下去。

一轉眼，北河的腦袋便和身體分了家。

「北河！」

南山悲愴的呼喊聲令人聽了也不禁為之動容。

此時，他的臉上佈滿了北河的鮮血，以及他悲傷的淚水。

第十章

確認首級

「如果袁隗等人發現『龍天子』還活著，我……」

南山愁眉苦臉地低下頭。

茶盆馬上溫柔地對他說：

「你不用擔心。」

接著，茶盆又抬起頭來看著志狼。

「志狼，你不會破壞他的計畫，對不對？」

志狼輕嘆一口氣，旋即無可奈何地點一下頭。

「謝謝你！」

南山對志狼深深行了一個禮。

志狼侷促不安地把視線移開，卻又看到蓮花正用佩服的眼神看著自己。

南山將北河的身體埋葬在島上的樹林中，然後慎重其事地用布把北河的首級包起來。

他們一行人來到湖邊，準備爲南山送行。

「上來吧！」

茶盆壓住小船的船舷，好讓南山平安地坐上船。

這時，南山的衣服都被淚水和北河的鮮血給濡濕了。

「武人是不會輕易流眼淚的。」

茶盆用手拍拍南山的背。

「你一定要成爲一名優秀的武人，才能讓你弟弟和令堂感到欣慰。」

南山一聽，繃緊了嘴角，用力地點點頭。

「你成爲武人之後一定要見機行事，在適當的時候逃到一個沒有戰爭的地方去。」

「嗯。」

「去吧！」

茶盆將小船向前用力一推。

「謝謝你們。」

南山感激萬分地向大家鞠了個躬。

就在這個時候，遠方的湖面上隱隱約約出現兩、三艘船影。

「趁現在快走吧！不然袁隗的手下又要追來了。你要一面大聲說自己已經拿下『龍天子』的首級，一面划過去，這樣子，他們才不會再來尋找我們的行蹤。」

茶盆對南山耳提面命地說了一大堆話。

「好。」

南山順從地答道。

「對了，你還要跟他們說另外一個女孩子，以及你的同伴們都已經不幸戰死了。總而言之，你就說只有你活了下來，最後還殺死『龍天子』。」

「我知道了。」

南山將北河的首級捧在胸前，轉頭看著一直緘默的志狼。

他微微地張開嘴巴，卻又難以啓齒地閉了起來，最後對志狼深深一鞠躬後便轉過身去。

南山輕輕放下北河的首級，然後戰戰兢兢地划起船來。

「我殺死『龍天子』了！」

南山扯開喉嚨大叫。

「我拿到『龍天子』的首級了……」

他一邊大叫，一邊將小船划向湖中央。

志狼等人站在湖邊，目送著漸行漸遠的小船。

雖然現在已經接近破曉時分，可是初冬的天空仍然是一片漆黑。

「我們這樣做妥當嗎？」

蓮花神情落寞地喃喃問道。

「放心啦！沒問題的。」

茶盆信心十足地說道。

但是，蓮花和志狼兩人卻不以爲然地低著頭。

見狀，茶盆不悅地提高音量說：

「伍北河在臨死之前，還一心一意想幫助大家。可是，你們這些活著的人卻露出一副要死不活的樣子，這怎麼對得起伍氏兩兄弟呢？」

蓮花和志狼一聽，連忙振作起精神來。

「這樣才對嘛！喲，妳傷得不輕耶！」

茶盆看見蓮花全身傷痕累累，不禁皺起眉頭。

「等一下我幫志狼治療腳傷時，再順便幫妳塗一些藥。」

說著，茶盆馬上挨到志狼的身邊去，二話不說地將他背了起來。

「啊！茶盆，妳要幹什麼？趕快放我下來……」

志狼手足無措地大喊大叫。

一旁的蓮花則驚愕地呆住了。

「爲了不使你的腳傷惡化，請暫時忍耐一下。」
茶盆背著志狼，大步走進樹林裡。
莫可奈何之下，蓮花也只好緊跟在後頭。
「嘻嘻嘻！」
走著走著，茶盆突然開心地笑了出來。
志狼驚覺情況不妙時，茶盆已經對他的臀部施展了「魔手」。
「啊……」
志狼爲了閃躲茶盆的撫摸，因此在她的背上不停扭動著。
蓮花側眼瞄見這一幕，不禁滿懷醋意地說：
「我看我還是走另外一條路。」
「有人吃醋嘍！」
茶盆故意大聲說道。
「哼！妳少胡說八道。」

蓮花噘著嘴巴，把頭別到一邊去。

然而志狼卻還若無其事地問道：

「茶盆，我們要到哪裡去啊？」

「你不用問那麼多，反正跟我走就是了。」

麥老人從布袋中倒出一堆白灰在桌上，隨即冷冷地說道：

「這是妳丈夫的骨灰。」

他定定地看著被繩子綑綁住的月英。

「士兵們在孔明掉落的懸崖下方只找到了這堆骨灰。」

月英凝視著眼前那堆骨灰，臉上卻完全看不出有一絲絲的悲傷。

「我早已經做好心理準備了。」

她用沉穩的聲音回道。

這時候，袁隗張開雙腿坐在後頭，表現出一種唯我獨尊的姿態。

「現在孔明死了，『龍天子』也消失了蹤影，如果我們不謹慎行事，只怕劉備隨時會領軍攻過來。」

袁隗露出焦躁的神情。

「主君不用擔心，只要我們的手上還擁有孔明之妻這個人質，劉備等人就不會隨便輕舉妄動。」

麥老人平靜地說道。

「拿這個女人當人質跟劉備交換條件實在是太不高明了！雖然我們的最終目的是要取回帝位，但難道沒有其他更好的方法嗎？」

袁隗高傲地斜睨著麥老人。

「不管怎樣，我們都一定要興兵討伐劉備，才能在曹操和孫權兩軍相爭當中取得一席之地。」

麥老人再次叮囑袁隗。

「我知道啦！」

袁隗不耐煩地把頭一轉。

「報告！」

這時候，一名士兵出現在帳篷的入口處。

「什麼事？」

麥老人問道。

「伍南山帶著『龍天子』的首級來見主君。」

「什麼？」

袁隗不顧身分地叫了出來。

「叫他進來。」

麥老人平靜地下令。

「是！」

沒多久，南山手捧著一個布包，臉色僵硬地出現在入口處。

「主君，屬下伍南山不辱使命，終於取下『龍天子』的首級。」

他戰戰兢兢地走向前，跪了下來，然後把裝有北河首級的布包放在袁隗面前。

霎時，袁隗的臉色變得十分慘白。

「伍南山，你弟弟呢？」

麥老人狐疑地問道。

南山猛地吞了一口口水，接著支支吾吾地說：

「他被、被『龍天子』殺死了。」

「是嗎？」

「還有『龍天子』那個女同伴……以及我方的士兵們也都戰死了。」

「真的？」

「是、是的。」

麥老人露出懷疑的表情。

南山心虛地低著頭。

另一方面，袁隗倒是相當信任南山的話，只見她驚恐地問麥老人：

「接下來該怎麼辦？」

「讓孔明的妻子確認一下吧！」

麥老人命令一名士兵將布包放在桌上，並且小心地解開它。

瞬間，一顆頭髮散亂、血跡斑斑的腦袋映入在場每個人的眼簾。

「啊！」

袁隗驚叫一聲，迅速別過臉去。

麥老人仔細審視一番後，慢慢將首級的正面轉向月英。

「這是『龍天子』的首級嗎？」

當月英看到首級的那一瞬間，不禁驚愕地瞪大眼睛。

再定睛一瞧，月英才發現那並不是志狼的首級。

儘管如此，月英還是故意扯著謊說道：

「這確實是志狼的首級。」

第十章　確認

首級

袁隗聽見月英的話，臉上的表情頓時僵硬起來。

麥老人則用低沉的聲音問道：

「真的嗎？如果妳欺騙我們……」

「志狼的首級就在我們面前，我怎麼會對你們說謊？」

月英語氣堅定地答道。

麥老人沉思一會兒，旋即轉頭對南山說：

「這是『龍天子』的首級沒錯，你立了一個大功。」

這一刻，南山好不容易才鬆了一口氣。

麥老人定定地看著首級，在心裡面盤算著接下來的計畫。

「麥老人，你打算怎麼做？」

袁隗心浮氣躁地問。

「我們本來是想利用孔明和『龍天子』兩人爲誘餌，讓劉備毫無防備地跳進我們設下的陷阱，不過，現在得從長計議了。」

「咦？你什麼時候開始跟劉備大人為敵了？」

突然間，月英有如閒話家常般地插嘴問道。

「妳認識我？」

「你原本應該是追隨靈帝的一名妖術士吧！」

「那是很久以前的事了。」

麥老人輕聲地笑道。

「由於宦官們向靈帝進讒言，害你被趕出了朝廷。正因如此，你的心中充滿了怨恨，對不對？」

「哼！那些宦官們最後也都被殺死了。」

「他們全都是被袁術殺死的吧？」

「嗯，所以我才會追隨主君。」

「不，這不是真正的理由。我想你只是利用袁隗來當擋箭牌，企圖讓天下永無安寧之日。」

聞言，袁隗著實大吃一驚。

「妳不要胡言亂語……來人啊！把這個女人帶下去！」

麥老人聲色俱厲地下令，兩名士兵立即將月英帶走。

「麥老人，曹操似乎很畏懼『龍天子』的力量，不如我們把這個首級交給他，說不定他會和我們一起出兵討伐劉備。」

袁隗頭頭是道地說著。

「妳說什麼？」

麥老人露出不可置信的表情。

「再說，『龍仙女』不是待在曹操的身邊嗎？這麼一來，剛好可以讓她看看自己朝思暮想的『龍天子』的腦袋。」

「主君，千萬不可以感情用事！」

麥老人冷冷地看著袁隗。

袁隗滿臉不悅地強辯道：

「我根本不是感情用事，你想想看嘛！我們把『龍天子』的首級交給曹操，便可以趁機要求他把江夏之地讓給我們管理。」

「行不通的！以我們目前的實力去跟曹操談條件，只會平白遭受他的屈辱而已。」

麥老人斷然地說道。

袁隗努力壓抑住激動的情緒，雙眼直視著麥老人，慢慢地站了起來。她睥睨著麥老人，正準備轉身離去之際，又擺出一副氣勢凌人的姿態大聲說：

「來人啊！把『龍天子』的首級送到我房裡去！」

說罷，她高傲地注視著麥老人。

「我這樣做可以嗎？」

麥老人默默無語地對她露出苦笑。

就這樣，袁隗像是獲勝般地微笑著離開。

麥老人無力地搖搖頭，隨即也離開了現場。

「怎麼會變成這樣？」

這時候，只剩下南山一臉茫然地楞在原地。

第十一章

奇異的療傷法

茶盆蹲在地上，幫蓮花在受傷部位塗上草藥後，便運用推拿術以及一種具有解毒功效的草藥來醫治志狼的右腳踝。

不久，茶盆用手拭去額頭上的汗水，然後站起身來說道：

「終於大功告成了。」

「茶盆，妳真行。」

志狼一面站起來，一面稱讚她。

「你們不要看我粗聲粗氣的樣子，其實我是出生於醫生世家呢！」

「原來如此。」

志狼輕輕地點點頭。

這時，蓮花不安地站起來說：

「志狼，月英還在袁隗的手中。」

「嗯，我們得趕快去救她出來。」

「不行，你的腳傷還沒有完全復原。」

茶盆憂心忡忡地望著他。

「既然如此，那我自己去救月英。」

說著，蓮花便作勢要離開。

然而茶盆卻連忙阻止說：

「妳不是也受傷了嗎?更何況，就快天亮了，我們必須等到天黑時才能行動。」

「可是，妳能保證月英在這段期間內不會發生意外嗎?」

蓮花用強硬的語氣頂了回去。

「可以!因為袁隗等人絕不會殺掉手上唯一的人質。」

「妳怎麼知道?」

「如果劉備大人認為孔明先生、妳和志狼都被殺了的話，鐵定會出兵攻打他們的。到那個時候，袁隗一定會拿月英當人質的。」

說到這裡，茶盆的嘴角揚起一抹微笑。

「你們不要想太多了，先好好養傷才要緊。」

「可是，若被袁隗發現伍南山帶去的首級是假的『龍天子』，那她和麥老人一定會大發雷霆地濫殺無辜的。」

志狼擔心地皺緊眉頭。

「放心！月英一定會騙他們說那個首級就是志狼的項上人頭。」

「嗯，妳說的很有道理。」

志狼十分贊同地點點頭。

「既然你已經明白了，就趕快脫光衣服吧！」

茶盆突然冒出這句話，令志狼感到相當困惑。

「請妳先背對著我們。」

雖然蓮花不明白茶盆的用意何在，但還是乖乖地轉過身去。

茶盆蹲了下來，開始用雙手在沙地上挖洞。

才一轉眼的時間，她就已經挖好一個大沙坑。

「志狼，你還在發什麼楞？快點脫掉衣服啊！」
在茶盆的催促下，志狼開始彆扭地脫下衣服。
當他脫得一絲不掛時，卻猛然發現茶盆正色迷迷地盯著自己看。
剎那間，志狼整個臉都脹紅起來。
「別不好意思嘛！來，請你躺在這個沙坑裡。」
茶盆見志狼猶豫不決，於是一把將他推進沙坑中。
緊接著，茶盆又開始將沙子覆蓋在志狼的身上。
「茶盆，妳究竟要做什麼？」
志狼面有難色地問道。
「你別問那麼多，先好好睡一覺吧！」
志狼只好閉上眼睛，任由茶盆用沙子蓋滿自己的全身。
「這裡的沙子會產生一股熱氣滲進你的身體裡，不管你是受傷或生病，等一下就都可以痊癒了。」

果然，志狼的背部漸漸竄起一股暖流，整個人好像浸泡在溫泉中一樣舒暢。

「如何？感覺很舒服吧？」

「嗯。」

志狼輕鬆地伸展四肢。

「喂！妳可以轉過身了。」

茶盆呼叫著蓮花。

蓮花轉過身子，慢慢地走到沙坑附近，然後語帶嘲諷地說：

「茶盆，妳一定很興奮吧！」

但是，茶盆卻絲毫不以爲意地回道：

「志狼現在如果不好好把腳傷治好，說不定以後連走路都成問題呢！」

事實上，蓮花也希望志狼的腳傷能快點好起來。

「等到晚上，志狼的腳便能完全復原。」

茶盆看著躺在沙坑裡的志狼，口中唸唸有詞，旋即掉頭走到遠處去。

蓮花一臉嚴肅地在沙坑旁邊盤腿而坐。

「我是不是該回夏口一趟？」

「啊？」

志狼睜開眼來看著蓮花。

「去告知劉備大人這一切事情啊！」

聽到蓮花的話，志狼又想起了孔明被火吞噬的那一幕。

（是的，總得告訴劉備有關孔明先生的死訊。

可是，月英還在袁隗手中，而我現在也沒有辦法自由行動，在這種情況下適合讓劉備知悉這些事情嗎？

應該由我自己去做個了結，再回去向劉備報告這一切經過比較好。）

這時，蓮花彷彿看透他的心思般地說：

「志狼，你可不要想一個人扛起責任。」

「你們兩人都不可以輕舉妄動！」

茶盆忽然冒出來，而且不知道從哪裡拿來了一些碗和水瓶。

「一旦你們出去拋頭露面，袁隗馬上就會發現假首級一事，到時伍南山該怎麼辦？」

茶盆咄咄逼人地看著志狼和蓮花。

一時之間，志狼和蓮花兩人噤若寒蟬地靜默下來。

「志狼，把碗裡的藥喝光。」

接著，茶盆把一個裝有褐色液體的碗遞到志狼面前。

志狼勉強伸長脖子，看著碗裡的藥，頓時遲疑了一下。

「來，把藥喝完。」

茶盆把碗抵在志狼的嘴上，他只好硬著頭皮喝下去。

瞬間，一股甘甜、爽口的味道在志狼的嘴巴裡擴散開來。

茶盆一面將碗收走，一面說道：

「志狼，請記住你已經是死去的人。」

「茶盆，萬一劉備大人相信志狼真的已經死了，那該怎麼辦？」

蓮花不悅地反問道。

「但是死去的人不是志狼，而是『龍天子』呀！志狼現在還在這裡活得好好的，由此可見是志狼擁有那股神奇的力量。」

茶盆相當樂觀地笑道。

「嗯……茶盆說的沒錯。」

志狼十分贊同茶盆的說法。

「志狼，你……」

蓮花心慌地看著志狼的臉。

只見他的眼神愈來愈朦朧了。

「不管什麼『龍天子』，我就是我……」

說到這裡，志狼慢慢閉上了眼睛。

「志狼！」

蓮花驚叫出來。

「妳不用緊張，我剛才放了一些安眠藥在志狼的藥裡面。」

茶盆露出一副若無其事的模樣。

「安、安眠藥？」

蓮花倏地站起來，語氣尖銳地質問道。

「是啊！這樣子他才能安穩地躺在沙坑裡。」

茶盆理所當然似地說道。

蓮花瞄了熟睡中的志狼一眼，隨後又瞪著茶盆說：

「無論如何，我都要回夏口一趟。」

「我不是跟妳說過不可以的嗎？」

茶盆非常困惑地抬起頭來看著蓮花。

「我爲什麼要聽妳的指示？」

蓮花語氣強硬地說。

「好吧！不過，妳一定會迷路的。因爲這一帶連當地漁夫都經常會迷路，所以妳一個女孩子四處亂闖，可能等到天黑也還走不出去。」

茶盆像一個囉嗦的歐巴桑般地嘮嘮叨叨。

「茶盆，妳把我們留在這裡到底有什麼企圖？」

蓮花怒不可遏地大聲問道。

「企圖？我只是希望你們能好好地在這裡待上一天，讓我有足夠的時間來醫治志狼跟妳的傷。這麼一來，伍南山也可以順利地被封爲武人。」

「可是，也不能因爲這樣……」

這一刻，蓮花已經無話可說了。

「其實這也是爲了完成救妳一命的伍北河的遺願。」

茶盆定定地看著蓮花。

「我又沒有要求他救我。」

儘管蓮花的心裡十分感激北河，但爲了強辯只有說出違心之論。

「話是這麼說沒錯……不過，我想伍北河八成是喜歡上妳了，所以才會不顧自己的生命安全幫妳擋住那一刀。」

蓮花楞了一下，回過神後又大聲說道：

「不可能的，我們只不過在妳的店裡見過一面而已。」

「妳難道沒聽過一見鍾情嗎？」

「可是，怎麼會……」

蓮花的視線在半空中游移不定。

「妳不也是因爲深愛著志狼，所以才會追到這裡來的？」

「茶盆，妳不要胡說八道。」

蓮花不好意思地背轉過身，盤腿坐了下來。

「喜歡一個人又不是壞事，妳應該像我一樣誠實地面對自己的感情。」

「我不要再跟妳胡扯了。」

然而，茶盆又開始像一個愛管閒事的老太婆般地叨叨唸道：

「妳很有勇氣，武功也相當高強，但是，一個女人光是這樣還是無法令男人心動。」

蓮花一聽，憤怒地嘟起嘴巴。

「算了，我去汲一些水來。」

茶盆於是拿著水瓶離開。

少了茶盆在身邊囉嗦，蓮花頓時覺得耳根子清靜許多。

她把下巴擱在雙手抱著的膝蓋上，神情專注地凝視著志狼。

（我是關心志狼沒錯，但是這跟我關心愛琳、月英，還有那個粗魯的張飛等人的心情是一樣的。）

想到這裡，蓮花突然覺得胸口一緊。

（或許……是有那麼一點不同吧！難道這就是愛戀的心情……）

過了好久，蓮花遲遲未見茶盆的蹤影，因此擔心地左顧右盼。

蓮花發現碗的旁邊有一張紙條，於是站了起來，走過去瞧個仔細。

只見紙條上面寫著：

我離開一下，麻煩妳照顧志狼，也請妳好好休息養傷。

茶盆

（可惡！居然就這麼走了……）

蓮花的心裡有一種被欺騙的感覺。

（她把我們留在這座島上究竟有什麼企圖？）

「可惡！」

蓮花不禁生氣地咒罵道。

第十二章

正面衝突

「發生什麼事了？」

劉備神色慌張地跑進志狼的房間。

此刻，房間裡除了關羽和張飛兩人之外，還有淚眼汪汪的愛琳。

「大哥，孔明先生、月英、志狼和蓮花四個人全都失蹤了。」

關羽緊張地回道。

「怎麼會這樣？」

劉備不由得皺起了眉頭。

「他們會不會是因爲太早起床，所以一起去外頭散步了？」

張飛睡眼惺忪地靠在牆上。

「不可能。」

關羽斷然說道。

這時候，劉備麾下的豪傑——趙雲匆匆忙忙地衝進房間，劈頭便說道：

「劉備大人，不好了！」

大家看見他那副驚慌的模樣，不禁都瞪大了眼睛。

「在圍牆外站崗的四名士兵全都被入侵者殺死了。」

「什麼？」

劉備等人同時發出驚叫聲。

「我想，大概是那些入侵者將孔明先生等人帶走的。」

趙雲十分冷靜地下判斷。

「唉！我們實在太大意了。」

劉備輕聲地自責道。

「喂！愛琳，妳昨天晚上有沒有看見入侵者的長相？」

性急的張飛一把抓住愛琳的肩膀大聲問道。

「我醒來的時候就沒有看到蓮花姊姊，而且連龍哥哥也不見了。」

「妳難道什麼事都沒注意到嗎？」

張飛焦急地瞪著愛琳。

看到他那張可怕的大臉，愛琳的眼裡又開始湧出豆大的淚水。

「張飛大人，你嚇到她了。」

說完，趙雲溫柔地撫摸著愛琳的頭。

「乖，不要哭了。愛琳，你們昨晚是不是曾經和孔明先生去哪裡？」

愛琳一邊抽抽噎噎地哭著，一邊用力地點頭說：

「我跟孔明先生、龍哥哥以及蓮花姊姊去喝羹湯……」

此時，麥老人坐在大廳裡的桌子前，帳篷的入口處則有幾名士兵正在守衛著。

麥老人寫完一封信後，隨即將他從冒牌「龍天子」的首級上剪下來的頭髮，和月英衣服上的布擺在那封信的旁邊。

「報告！」

南山戰戰兢兢地出現在入口處。

麥老人微微抬眼一看，旋即點點頭說：

「進來。」

「是！」

就在這時候，鮫和鱶兩人猛地掀開簾幕，袁隗隨即緩緩地走到大廳裡。

南山見狀，當場跪了下來。

袁隗穿著一件輕飄飄的薄紗，使得她那迷人的身材畢露無遺。

儘管南山看得目瞪口呆，但是袁隗卻連看都不看他一眼。

「劉備會中計嗎？」

袁隗走到麥老人身邊，語氣平淡地問道。

「主君，請妳不用擔心。」

麥老人態度恭敬地答道。

「如果劉備向我們宣戰，我們會有勝算嗎？」

袁隗俯視著麥老人那佈滿皺紋的老臉。

「難道妳還是想跟曹操交換條件？」

麥老人語帶嘲諷地反問道。

袁隗一聽，立刻高傲地仰起頭說：

「我還是認爲把『龍天子』的首級交給曹操，讓他興兵去討伐劉備等人比較好。」

「妳是不是害怕和劉備作戰？」

麥老人冷冷地問道。

霎時，袁隗的臉因激動過度而脹紅起萊。

「我才不是害怕！我只是考慮到劉備的身邊有關羽和張飛等人，所以才會有和曹操談條件的想法。」

「主君，事實上，劉備等人已經陷入絕境，再說曹操也不是妳想像中那麼好對付。」

被麥老人這麼潑了一桶冷水，袁隗終於忍不住激動地怒吼道：

「哼！麥老人，我看你是別有用心吧！我鄭重警告你，不要爲了一己之私而在我面前耍手段。」

「妳說什麼？」

一向深沉的麥老人不禁瞪大了眼睛。

「我再說一次，你的任務是幫助我登上帝位，因此我不准你用我的士兵去打沒有勝算的仗。」

袁隗那對一藍一綠的眼睛綻放出銳利的光芒。

「妳的士兵？」

麥老人質疑地反問。

「難道不是嗎？因爲我擁有天子才會有的傳國玉璽，所以這些士兵才會忠心地追隨我。總之，我不會讓你隨便指使他們的。」

袁隗語氣堅定地說道。

麥老人倏地站了起來，毫不客氣地詰問袁隗：

「當初妳流亡西域時，是誰對妳伸出援手的？」

「我……」

袁隗吞吞吐吐地答不出話來。

「難道妳已經忘記了是誰願意相信妳的出身，爲妳集結兵力，幫妳處理日後揭竿而起的一切工作了嗎？」

面對麥老人尖銳的問話，袁隗顯然已經招架不住了。

「主君，請妳把一切事情都交給我來處理。」

話聲剛落，麥老人根本不管袁隗的反應，便逕自拿起桌上的信、頭髮和布離開了大廳。

「可惡！竟然敢藐視我……」

袁隗憤恨地用手捶著桌子。

南山見到這一幕，嚇得渾身直打顫。

同一時間，袁隗這才終於注意到跪在地上的南山。

「你是誰？」

南山立即抬起頭，必恭必敬地回道：

「屬下是伍南山。」

「有什麼事嗎？」

袁隗不耐煩地問著。

於是，南山鼓起勇氣，口齒清晰地說：

「是這樣的，主君曾經說過只要屬下立功的話，便會被拔擢爲武人。」

「那你立了什麼功勞？」

袁隗滿臉不屑地斜睨著他。

「屬……屬下成功地取下了『龍天子』的首級。」

南山一說謊話，又開始結巴起來。

「哦，對了。」

這會兒，袁隗才猛然想起。

「好！我就冊封你爲武人。」

「真的嗎？」

南山整個人精神爲之一振。

「不過，在冊封你爲武人之前，你要先幫我做一件事情。」

袁隗走到南山面前，不疾不徐地說道。

「是！請主君明示。」

聽到南山這句話，袁隗的嘴角漸漸泛起一抹詭異的笑容。

「到了，就是這裡。」

愛琳帶領著趙雲來到茶盆開設的小店前。

「茶盆大嬸！」

愛琳才剛踏進店裡，便立刻扯開喉嚨大叫，趙雲只好快步跟上去。

鏘鏘鏘！一陣刀刃摩擦聲從店的後頭響了起來。

趙雲動作迅速地拔劍出鞘，並不時眼觀八方。

之後，一個人影從後頭竄了出來，趙雲立刻把劍抵在來人的脖子上。

「啊——」

茶盆那高八度的慘叫聲在店裡不斷回響著。

這下子，連平日英勇的趙雲也不禁往後退了一步。

「茶盆大嬸！」

愛琳天真地叫道。

「啊，妳就是和志狼等人一起來喝羹湯的那個小女孩嘛！」

茶盆臉上的表情仍然十分僵硬。

趙雲聽見她們兩人的對話，才倏地收起利劍。

「原來妳是這家店的掌櫃啊！真是失禮了。」

「沒……沒關係。不過，下次別再這樣拿劍嚇人了。」

茶盆語音顫抖地說道。

「對不起，我聽到刀刃摩擦的聲音，所以才……」

「哦，那是因爲我的菜刀生鏽了，我想把它磨利一點，一不小心卻掉在地上。」

茶盆微笑地說。

「是嗎？」

趙雲不禁苦笑著。

「對了，請問大爺貴姓大名？」

茶盆十分客氣地問道。

「我是劉備大人的家臣——趙雲。」

趙雲露出自信的神情。

（趙雲……）

茶盆瞪大了眼睛，上下打量著他。

這時候，夏口以西那片廣大的湖泊地帶，有一艘小船正朝著曹操軍駐屯的江陵城前進。

南山一個人坐在船上，雙手緊握著船槳，臉上明顯地露出不安的表情。

因爲袁隗特地寫了一封信，還剪下一撮冒牌「龍天子」的頭髮附在信裡面，然後命令南山完成將信交給曹操的這項任務。

（事情愈來愈複雜了……）

南山大大地嘆一口氣，旋即急急地向前划。

第十三章

真澄乍聞噩耗

在平日舉行軍事會議的房間裡，劉備坐在正中央的上座，正一臉嚴肅地振筆疾書。

關羽、張飛和趙雲三個人則靜靜地站在一旁。

「我這樣寫可以嗎？」

劉備把寫好的字條遞給關羽，張飛和趙雲兩人馬上圍過來看。

只見字條上面寫著：

請明日派遣使者帶著證明此兩人在貴營中的證據前來。

「可是，對方會看得到這張字條嗎？」

張飛不安地問道。

「我想，他們一定有安排探子監視我們，所以我們只要把這張字條貼在宅邸外牆，那些探子一定會馬上回去報告的。」

趙雲沉穩地說。

之前，當趙雲從茶盆的店裡回來宅邸，隨即便發現有人用箭射了一封信在志狼的房門上。

那封信上面寫著：

劉備：

月英和「龍天子」現在在我們手中，如果你想見他們的話，天黑之後，以老人星為目標直直向前走。記住！只准你一個人來。

袁隗

劉備等人看過這封信後，都搖頭表示不知道袁隗這個人，更無從得知她的目的何在。

儘管如此，一向重情重義的劉備還是打算獨自前往。

「劉備大人，這是一樁騙局，因爲志狼根本沒有在袁隗的手上。」

接著，趙雲將他從茶盆那裡得來的消息全部告訴了劉備等人。

「總之，志狼雖然受了傷，但是目前平安無事。」

「真的嗎？」

劉備喜出望外地問道。

「嗯。不過，茶盆一直含淚乞求我，希望我們在志狼主動現身之前能夠按兵不動。」

「這樣啊……可是，我們究竟該不該相信那個茶盆所說的話呢？」

劉備顯得十分焦躁不安。

「雖然我們對袁隗的要脅可以視若無睹，但若因此而讓袁隗起疑似乎不太妥當，這樣吧！請劉備大人寫一封回函給袁隗，如此一來，我們也可以擁有更多的時間來商討對策。」

於是，劉備接受趙雲的建議，寫了一張字條張貼在宅邸外牆上。

中午過後，探子已經將劉備所寫的字條內容告知了袁隗和麥老人。

「劉備果然不是等閒之輩。」

麥老人冷冷地說。

「哼！早知道光明正大地派使者去找劉備就好了。」

袁隗把臉一轉，不悅地說道。

「他們大概是想拖延一點時間，然後來查出我們的真實身分。」

「既然如此，那接下來你打算怎麼做？」

「只要我們把『龍天子』的首級送給劉備，到時候不管他再怎麼沉著鎮定，也一定會有所行動的。」

麥老人一說完，袁隗的臉上立刻浮現出驚愕和不安的表情。

儘管月英被關入大牢裡無法自由行動，但她仍不斷地運用月氏之術，在心裡面呼喚著志狼。

經過好久，月英仍然得不到志狼的任何回應。

（志狼到底是逃到哪裡去了？他會不會是發生了意外？不！一定是因為我太疲累，導致身體能量不足的關係，所以才無法將訊息傳送到志狼的心中。）

月英閉上眼睛，全神貫注地在心裡面呼喚著志狼。

此時，志狼的身體依舊埋在沙坑裡，而且還在沉睡的狀態中。蓮花坐在沙坑旁，之後也累得睡著了。

睡夢中，志狼突然看見一個國中時代的朋友。他一邊對志狼猛笑，一邊問道：

「你是誰？」

志狼立即慌張地回答：

「是我呀！」

瞬間，那個人又消失了蹤影。

緊接著，張飛出現在志狼眼前，同時開口問了同樣的問題：

「你是誰？」

「是我呀！」

無論志狼如何拚命大叫，他的聲音就是傳不出去。

就這樣，接二連三出現在志狼夢中的人都異口同聲地問：

「你是誰？你到底是誰？」

「是我、是我呀！」

志狼又急又慌地回道。

不知不覺中，志狼被一陣乳白色的煙霧所籠罩。

「不可以……」

一陣模糊的聲音從志狼的頭頂上傳了下來。

「啊？什麼？」

志狼不明就裡地問道。

「不可以再讓事情擴大了，而且來見我的時候要偷偷的……」

事實上，他並不曉得發聲的女人是誰，然而夢中的志狼卻點頭回道：

「我知道了。」

當志狼發出聲音時，一切影像都消失不見了。

恍惚中，志狼的腦海又迅速掠過孔明被火吞噬，以及滿臉淚水的南山用力砍下北河首級的那幾幕場景。

霎時，真澄的臉孔出現在志狼面前。

「真澄！」

志狼興奮地大叫出聲。

蓮花聽到志狼的叫聲，猛地睜開雙眼來望著他。

「真澄……」

第十三章　真澄乍聞噩耗

志狼溫柔地呼喚著。

蓮花看著沉睡中的志狼，眼眶漸漸濕潤起來。

（志狼的心裡面只容得下真澄一個人……）

蓮花難過地低頭飲泣。

「怎麼會……」

真澄情緒激動地緊抓著椅子的扶手。

曹操坐在真澄的旁邊，目不轉睛地看著她。

「『龍天子』真的死了嗎？」

真澄難以置信地詢問張遼。

「其實，我也很難判斷這件事情的真假。因爲袁隗派來的那名使者——伍南山說是他殺死『龍天子』的，可是我實在看不出來他有那種能耐。」

張遼不疾不徐地回話。

「這樣啊……」

真澄喃喃說道。

（照張遼半信半疑的模樣看來，說不定志狼還活得好好的。）

想到這兒，真澄才稍微平靜下來。

「奇怪？袁隗爲什麼會說自己是袁術之子呢？」

曹操撫摸著下巴，百思不解地問道。

「丞相，這件事真的很令人費解，因爲袁術一族應該已經全部被殲滅了才對。」

張遼聳著肩說道。

曹操聞言點點頭，腦中開始回想起一些陳年往事。

（當時，袁術一族確實都被殺死了，可是袁術一向好色，搞不好袁隗就是他和不知名的女人所生下的私生子。

如此一來，我們真的很難斷定袁隗所言的究竟是真還是假了。）

曹操深深地嘆了一口氣。

「我們先暫且不管袁隗的真實身分，現在最重要的是確認『龍天子』是否真的已經死亡。」

曹操語氣沉重地說著。

這時，真澄的一顆心又開始忐忑不安。

（難道志狼真的死了？

不行！我一定要對志狼有信心。

更何況，這件事情又還沒有經過確認……）

真澄輕輕地搖搖頭，試圖揮去「志狼已死」的想法。

「『龍仙女』，妳有什麼好意見嗎？」

曹操轉頭問道。

真澄注視著曹操的眼睛，緩緩地開啓她那粉嫩的雙唇。

「丞相，我想我們應該親自查看一下『龍天子』的首級，這樣一來，便

可以得知『龍天子』已死一事的真假了。」

真澄十分恭敬地說道。

「嗯，妳說的沒錯。」

曹操相當認同地直點頭。

真澄對著曹操露出淺淺一笑，然後又說：

「丞相，除此之外，我覺得確認『龍天子』的首級這件任務應該由我來負責，你認爲如何呢？」

聽到這句話，不只曹操楞了一下，就連身經百戰的張遼也不禁驚訝地瞪大了眼睛。

曹操低頭思考一會兒，旋即抬起頭來說：

「妳說的有道理，因爲『龍仙女』一定可以認出『龍天子』的真僞。」

曹操採納了真澄的建議。

「多謝丞相。」

真澄感激萬分地看著曹操。

「對了，我跟妳一起去吧！」

曹操對真澄說道。

「丞相，你是當真的嗎？」

真澄不敢置信地問道。

「嗯。」

此時，站在一旁的張遼插嘴進來說：

「丞相大可以不必親自出馬……」

「不！」

曹操一臉堅決地打斷他的話。

「如果『龍天子』真的已經被他們殺死的話，那我們往後絕對不能小看袁隗這一幫人的實力。」

曹操語帶雙關地說。

（若果真如此，曹操一定會極力拉攏袁隗等人，因為他絕不會放過任何一個有利於自己統一天下的機會的。）

真澄默默地望著曹操的側臉。

（不過，對我而言，這些事情都已經不重要了。現在最重要的是確認志狼的生死……萬一他真的死了……）

一想到這裡，真澄那雙緊握住扶把的手又開始顫抖起來。

第十四章

茶盆的身世之謎

蓮花抬頭看著慢慢西沉的太陽，內心非常不安。

（茶盆到底跑到哪裡去了，怎麼這麼久還沒回來？

算了，現在只有等志狼醒過來，再一起商量看看要如何回夏口。）

蓮花走到沙坑旁，神情專注地凝望著志狼。

此刻，志狼臉上的氣色變得十分紅潤，看起來似乎已經恢復了體力。

沒多久，志狼緩緩地睜開雙眼，還連打了好幾次呵欠。

「志狼！」

「蓮花……茶盆呢？」

志狼向四周掃視一番後問道。

「她跟我說要去汲水，結果人卻不見了。不過，她留了一張紙條，要我們在這裡等她回來。」

「哦。」

志狼不以爲意地應了一聲。

「志狼，你現在覺得身體如何？」

志狼試著活動被沙堆埋著的手腳，這才發現右腳踝已經不再疼痛了。

「我覺得自己彷彿又重新活過來一般。」

「既然如此，我們也不能老是窩在這裡，得趕快回夏口去。」

說完，蓮花開始用手撥開那些覆蓋在志狼身上的沙子。

「蓮花，茶盆不是要我們等她回來嗎？」

志狼不解地問道。

「哎呀！不要理她啦！」

蓮花一邊說，一邊拚命地用手撥開沙子。

漸漸的，志狼感覺原本壓在身上的重量減輕許多。

「可是，我覺得茶盆是一個可以信任的人。」

蓮花聞言，忍不住詫異地看著他。

「蓮花，爲了避免將事態擴大，我們最好不要輕舉妄動。再說，目前最重要的是如何救月英出來。」

說著，志狼忘記自己現在是一絲不掛，居然一古腦兒地站了起來。

「啊！」

蓮花趕忙用兩手摀住眼睛，同時轉過身去。

「蓮花，妳怎麼了？啊……」

志狼猛然回過神來，於是驚慌失措地用手遮住重要部位。

「對、對不起，我現在就穿上衣服。」

志狼手忙腳亂地拿起擱在沙地上的衣服。

過一會兒，當他穿戴整齊之後，便故意若無其事地開口說：

「如果『龍天子』已經死亡的事情一直持續下去的話，真不知道最後會演變成什麼情況？」

「啊？」

蓮花不明白志狼話中的意思，因此偷偷地轉過頭來瞄了他一眼。

她瞥見志狼已經穿好衣服，這才大膽地轉過身去。

「我認爲茶盆說的話很有道理，在成爲『龍天子』之前，我是天地志狼，現在我還是天地志狼，所以就算我不是『龍天子』，也一樣可以活得下去。總之，我就是我。」

志狼滔滔不絕地說著。

「不要說傻話了！你是『龍天子』，『龍天子』就是『龍天子』！」

「或許是吧！」

志狼無奈地回道。

（「龍天子」原本就不存在於歷史中，那麼是不是沒有了「龍天子」，歷史就會回到原來的軌道上？

或者，「龍天子」正是那個身負推動歷史使命的人呢？

我身為「龍天子」都搞不清楚自己是如何來到這個時代，又如何擔當這神聖的使命？）

志狼百思不得其解。

忽然，一陣腳步聲響起，志狼和蓮花不由得驚訝地面面相覷。

轉眼間，志狼又輕鬆地呼了一口氣。

「我知道了，那是茶盆的腳步聲。」

不久之後，茶盆便大步大步地走到蓮花的身邊來。

「茶盆，妳走路的腳步聲未免也太大了吧！」

蓮花浮現出嫌惡的表情。

茶盆卻絲毫不以爲意地將嘴巴湊近她的耳朵旁，輕聲細語地說：

「因爲我怕壞了你們倆的好事嘛！」

「妳在胡說什麼？」

蓮花倏地滿臉脹紅。

「好吧！算我大嘴巴。對了，志狼睡著時有無異狀？」

「沒有，只不過他一直叫著某個人的名字。」

蓮花落寞地低下頭。

「是嗎?」

茶盆用百感交集的眼神看著蓮花。

「喂!妳們兩人到底在竊竊私語些什麼?是不是在說我的壞話?」

志狼促狹地問道。

「沒有啦!哦,我幫你們帶來一些吃的。」

茶盆將手上的大鍋子放在地上。

「茶盆,妳有回去夏口嗎?」

蓮花問道。

「嗯。我本來想早一點回來這裡,卻因趙雲將軍臨時找上門來,所以我才會拖到現在。」

蓮花和志狼一聽,都吃驚地瞪大眼睛。

「我跟他說志狼還活著,但是在志狼主動出面之前,他們一定要不動聲色，然後再靜觀其變。」

「那趙雲將軍怎麼說？」

蓮花緊張地追問道。

「他只點點頭說：『我知道了。』」

聽到茶盆的話，蓮花和志狼心有靈犀地互望一眼。

（這麼一來，不管袁隗等人採取什麼行動，劉備都不會輕易回應。

既然如此，我們等天黑以後再去救出月英也不遲了。）

志狼從兩人交換的眼神中知道，蓮花一定也和他有著同樣的想法。

「志狼，你絕對不能大搖大擺地拋頭露面喲！否則伍氏兄弟的計畫就會泡湯了。」

茶盆突然轉過身來說道。

「我知道啦！」

「好！那大家來吃粥吧！」

茶盆一打開鍋蓋，香噴噴的味道隨即撲鼻而來。

儘管如此，蓮花和志狼兩人卻用驚恐的眼神看著那鍋粥。

「放心啦！這鍋什錦粥裡沒有用上次你們吃的那種羹湯的材料。」

茶盆話聲剛落，早已飢腸轆轆的蓮花和志狼馬上用湯匙舀了一大碗。

「妳的傷勢怎麼樣了？」

茶盆一邊吃，一邊詢問蓮花。

「好多了。」

「待會兒我再替妳和志狼換藥。」

「嗯。對了，茶盆，妳說妳出身於醫生世家，是真的嗎？」

蓮花邊吃邊問道。

「難道我看起來不像嗎？」

「啊！不是的，我沒有這個意思。」

蓮花急忙搖頭否認。

茶盆一面狼吞虎嚥，一面開朗地說：

「在我很小的時候，家人便因爲受到叛將的牽連而全部喪命，只有我僥倖被父親的一名弟子救走。後來，我便一直跟著那位叔叔住在鄉下。在那段期間，叔叔還教了我一些醫藥方面的知識。」

「原來如此。」

聽到茶盆娓娓道來，蓮花不由得停下手邊的湯匙。

「不久，因爲消息走漏的關係，叔叔的家人全都被殺死了。」

茶盆雖然表現得很淡然，可是，這些悲慘的往事卻讓蓮花和志狼都難過得說不出話來。

「叔叔又開始帶著我逃亡，但是他卻在半路上不幸因病喪生。」

說到這裡，茶盆才落寞地垂下頭。

「就這樣，最後就只剩下我一個人了。」

「真可憐……」

蓮花憐憫地看著茶盆。

「因爲到處行醫一定會使身分曝光，所以我才會開店做起小生意來。」

茶盆又恢復往常開朗的語氣說話。

「茶盆，妳一直是一個人過活的嗎？」

志狼好奇地問道。

「是啊！」

「妳不覺得寂寞嗎？」

此話才剛說出口，志狼便發覺自己問了不該問的問題。

可惜爲時已晚，只見茶盆淘氣地猛眨著眼睛看著他。

「如果你怕我寂寞的話，那就留下來陪我啊！」

「啊，那個……」

志狼支支吾吾地說不出話來了，蓮花在一旁也瞪大了眼睛。

「我是開玩笑的啦！再說，如果我總是在悲傷、煩悶、自暴自棄的情緒中過日子，那麼一些喜愛我的人們一定會覺得非常難過。我相信只要自己活得好，那些為我而死的人們一定會感到高興的。」

（是的，每個人在不同的命運中都必須卯足全力好好活下去。）

志狼和蓮花在心裡不約而同地產生這個想法。

過一會兒，茶盆和志狼都已經吃完粥，只剩下蓮花還在一旁細嚼慢嚥。

「志狼，我先來看看你的腳。」

說完，茶盆開始以熟練的手法在志狼的腳上東壓西揉。

「我幫你再上一次藥，你要乖乖待到天黑喲！等到腳痊癒之後，你就可以隨心所欲到處走動了。」

茶盆將她那張大臉湊近到志狼面前。

「你不是要去救你的同伴嗎？」

志狼被茶盆識破心思，只好誠實地點點頭。

這時，茶盆忽然用一種不正經的眼神瞧著志狼說：

「唉！如果你不是『龍天子』就好了，那我不管怎樣也要硬送上門當你的老婆。」

「啊？這……」

志狼頓時不知所措。

突然，茶盆對著志狼的右腳踝用力一拍。

「好痛！」

她的這一掌拍到了某個穴道，令志狼挨不住痛楚地呻吟了出來。

「你們到處都找不到主君嗎？」

麥老人焦急地皺緊眉頭。

「是的。」

一名身穿皮衣的士兵答道。

（袁隗帶著「龍天子」的首級和傳國玉璽究竟要到哪裡去呢？

難不成她是去跟曹操搭關係？）

事實上，麥老人正準備把冒牌的「龍天子」首級送到劉備陣營去，這下子卻因袁隗的私自行動而破壞了整個計畫。

「可惡！」

麥老人怒髮衝冠地咒罵著。

袁隗、鮫、鱶和南山正乘著船向西前進，他們的後面還有幾艘搭載士兵們的小船跟隨著。

「伍南山，你幹得好。」

袁隗喜不自勝地說。

「謝謝主君的誇獎！」

南山恭恭敬敬地回答。

由於曹操提出要確認「龍天子」首級，因此南山遵照袁隗的吩咐，要求

雙方在江陵和夏口之間的河邊碰面，而曹操竟然出乎意料之外地答應了。

正因如此，南山也算是成功地完成使者的任務。

「只要這件事情能順利進行，你就準備成爲武人。」

「謝謝主君！」

南山在搖晃的船上深深地低頭致謝。

不過，南山實在很擔心東窗事發，所以一顆心一直狂跳不已。

同一時間，由武將張遼帶頭，以豪華馬車爲中心的兵隊正要離開江陵。

曹操和真澄坐在豪華的馬車上，四周全由手持長槍的士兵們護衛著。

由於兵隊後方還跟著好幾輛載著侍女的馬車，再加上只有少數重臣和武將們知道此行的真正目的，所以其他人都以爲曹操等人是要去野遊。

此外，仲達也經由特殊管道獲知了此趟野遊的真正目的。

「你相信『龍天子』死了嗎？」

仲達冷冷地問道。

「屬下只負責報告事實，至於相信與否則端視主君自己。」

黑瘴虎故弄玄虛地回答。

黑瘴虎是「五虎神」之一，他總是穿著一襲黑色衣裳，整個臉也用黑布遮住，令人看了感覺非常不舒服。

「說得好。不過，你明明知道我的想法的。」

仲達微微揚起嘴角笑道。

「啊？」

黑瘴虎刻意裝傻。

「那個『龍天子』的首級一定是冒牌貨。你再去觀察狀況，一有動靜隨時回報！」

「是！」

黑瘴虎只簡短地回答一聲，轉眼間便消失了蹤影。

第十五章

冷靜的曹操

太陽西沉，整片原野慢慢地籠罩在黑暗中。

「你們是袁隗的手下嗎？」

張遼坐在馬上，高傲地問著擋住兵隊去路的鮫和鱶。

「是的。主君請你們的兵隊停在這裡。」

鮫用生硬的語氣說道。

「這樣啊……你等一下。」

於是，張遼策馬走近曹操的馬車。

「丞相，袁隗要求我們的兵隊停在這裡。」

「好！」

曹操相當乾脆地回了一聲，隨即走下馬車。

他小心翼翼地攙扶真澄下馬車之後，便來到鮫和鱶的面前說：

「就我、『龍仙女』和張遼三個人跟你們走，可以嗎？」

鮫和鱶互瞄一眼，旋即對曹操點點頭。

「丞相，這樣妥當嗎？」

張遼不安地問道，可是曹操卻頭也不回地說：

「沒關係。」

就這樣，他們三個人緊緊跟在鮫和鱶的後頭，在黑暗中不停地向前行。

一路上，真澄一直挨著曹操的身體前進，而曹操則用他那強壯的手臂支撐著她。

（如果志狼真的死了，我該怎麼辦呢？）

想到這裡，真澄益發感到焦慮、不安。

走著走著，他們的前方隱隱約約出現朦朧的亮光。

只見一個五公尺見方的帳篷沿著川岸搭建，裡面的燈火則將帳篷上各式各樣的幾何圖案凸顯了出來，散發出一種詭異的氣氛。

鮫和鱶在帳篷入口處停下腳步，並以手勢催促他們進入帳篷裡。

曹操和真澄率先走了進去，張遼則緊握著劍，提高警覺地跟在後頭。

在熊熊火把的照明下，他們一眼便看見袁隗端坐在正中央的上座。

當曹操看見袁隗時，不由得楞了一下，因爲他萬萬沒想到自己所要會晤的，竟然是一個跟真澄差不多年紀的少女。

不但如此，她那略帶妖媚氣息的美貌更是令曹操爲之驚嘆。

真澄和張遼也都睜大眼睛看著袁隗。

「你就是曹操？」

袁隗驕傲地斜睨著他。

曹操馬上回過神來，並以同樣高傲的口氣問道：

「妳就是袁隗？」

「哼！你不要太狂妄。」

袁隗邊說邊揮了一下手。

這時，在一旁待命的南山立即恭敬地奉上閃著金光的盒子。

「曹操，這是漢天子的傳國玉璽。」

袁隗從盒子裡拿出傳國玉璽。

「家父袁術在臨危之際把傳國玉璽託付給我，至於徐璆給你的是僞造的傳國玉璽，我手上拿的才是真的，因此我是最有資格登基的人。」

袁隗一臉堅決地說道。

然而，曹操卻絲毫不爲所動地說：

「傳國玉璽這件事待會兒再說，先讓我們確認『龍天子』的首級。」

聞言，袁隗一面瞪著曹操，一面將傳國玉璽交還給南山。

「就憑你們三個人能確認出首級的真僞嗎？」

她語帶輕蔑地問道。

曹操則不甘示弱地反問她：

「那妳認爲『龍仙女』有沒有這個能耐呢？」

「什麼？她是『龍仙女』？」

曹操默默地點頭。

（沒想到這個女孩子竟然就是「龍天子」朝思暮想的人……）

袁隗十分專注地瞪著真澄看，接著，她的嘴角又漾起一抹奸邪的笑容。

「來人啊！把『龍天子』的首級拿上來！」

袁隗威風凜凜地下令。

「是！」

南山立刻把一個布包放在地上。

他顫抖著雙手打開布包，一顆心也隨之愈跳愈快。

南山看了北河的首級一眼，這才發現他臉上的皮膚已經開始泛黑，而且原本深刻的五官也都變得模糊了。

南山深吸一口氣，慢慢將首級轉向曹操和真澄的位置。

真澄緊緊依偎著曹操，定定地看著眼前的首級。

「志狼、志狼……」

下一瞬間，真澄整個人趴伏在地上，開始放聲大哭。

第十五章　冷靜的曹操

她的肩膀劇烈地顫動著，淚水如泉湧般不停地流出來。

南山見狀，終於如釋重負地鬆一口氣。

「怎麼樣啊？」

袁隗一臉得意地問道。

「嗯，這個確實是『龍天子』的首級沒錯。」

曹操不疾不徐地回答。

袁隗一聽，立即滿意地笑道：

「既然如此，你把這個首級拿去昭告天下，就說你已經拿下『龍天子』的命，這麼一來，一定可以提升你的聲勢的。」

「袁隗，妳想要什麼？」

曹操態度從容地問道。

袁隗大方地迎視曹操的目光，慢條斯理地說：

「我希望你能幫我去討伐劉備。」

「妳說什麼？」

曹操忍不住露出詫異的表情。

「劉備失去『龍天子』之後，根本就不足爲懼，不是嗎？我只是想藉由你的手去殺死劉備，好爲家父報仇。」

「妳爲什麼不親自報父仇呢？」

「我、我是因爲……」

袁隗張口結舌地說不出一句完整的話來。

「這樣吧！我派遣張遼率領士兵和妳一起並肩作戰，好不好？」

「真的嗎？」

袁隗興奮地問道。

曹操慢慢地點點頭說：

「嗯。妳放心，我是不會耍詐的。」

說完，曹操還故意對袁隗露出真誠的微笑。

「我拿『龍天子』的首級換取你的兵力……嗯，聽起來還不錯。」

袁隗若有所思地喃喃說道。

「那就這樣一言爲定了。」

曹操一邊說，一邊扶起仍然趴在地上哭泣的真澄。

「『龍仙女』，我們得走了。」

真澄微微地抬起頭，豆大的淚珠又從她的眼裡流了出來。

「丞相……」

她無力地靠在曹操的胸口，傷心欲絕地號啕大哭。

「妳放心，我一定會厚葬『龍天子』的。走吧！」

曹操溫柔地攙扶真澄，和張遼一起步出帳篷。

袁隗一臉驕傲地目送著他們離去。

等到她完全看不到曹操等人的背影時，才忍不住得意地縱聲大笑。

「哈哈哈……伍南山！」

「是！」

南山站在一旁，態度恭敬地回道。

「我們和曹操軍合力討伐劉備，取下江夏之地後，再把勢力擴展到整個荊州，然後再伺機進軍淮南。」

說到這裡，袁隗高傲地斜睨著南山。

「到時候，你想要什麼官職，我都會冊封給你的。」

「謝謝主君！」

眼看成爲武人的夢想即將成真，然而南山卻無論如何也高興不起來。

在鮫和鱶的目送下，曹操的兵隊開始往來時路回去。

一路上，曹操並沒有談到任何關於「龍天子」首級的事情。

真澄默默地坐在曹操身邊，臉上的淚水已經漸漸被風吹乾。

過了半晌，曹操轉頭凝視著真澄，用一種沉重的口氣說：

「那個是冒牌的『龍天子』首級，對不對？」

「丞相……」

真澄錯愕地抬頭看著曹操。

只見曹操面無表情地說：

「我說的沒錯吧！」

曹操的雙眼緊盯著沉默不語的真澄。

「照理說，『龍天子』是妳的精神支柱，而當一個人失去精神支柱時，應該會因爲陷入深沉的絕望以至於流不出眼淚來才對。」

曹操看著前方，沉穩地說道。

「那麼丞相的意思是說，我剛才流的眼淚是騙人的嘍？」

真澄望著曹操的側面，語氣平淡地說。

可是，曹操仍不發一語地遙望前方。

見狀，真澄無奈地輕嘆一口氣。

這時候，曹操慢慢轉過頭來，用一種憐惜的眼神看著真澄。

「被我猜中了吧！如果那個真的是『龍天子』的首級，妳不應該會表現得這麼平靜。」

真澄大吃一驚，頓時噤若寒蟬。

她的心裡非常清楚，不管自己再如何解釋都很難自圓其說了。

其實真澄乍見到首級的那一刻，便發現那是冒牌的「龍天子」首級。

儘管如此，真澄長久以來對志狼的思念和感情卻在那一瞬間全都湧了上來，所以才會難過地哭成了淚人兒。

「如果大家都相信『龍天子』死了的話，便沒有人會再對他存有戒心，這麼一來，對『龍天子』來說應該是無往不利了，對不對？或者，妳認爲如果妳當場揭發真相的話，我會把袁隗等人全都殺光？說真的，我不知道妳心裡面的真正想法，不過……」

曹操對真澄露出一抹意味深長的笑容。

「妳似乎已經開始懂得在亂世裡的遊戲規則了。」

真澄偷偷地窺視曹操的臉，輕聲細語地問：

「丞相，你要怎麼對付袁隗？」

「妳放心，我不會殺她的。」

善良的真澄這才稍稍鬆了一口氣。

（我好想見到志狼……）

此時，真澄滿腦子都是志狼的身影。

曹操雖然對真澄極盡呵護之能事，可是她依然感到極端孤單、寂寞。

事實上，曹操對真澄扯了一個大謊。

他命令所有士兵們退下，想單獨和張遼談話。

「丞相，現在『龍天子』已死，劉備也面臨窮途末路了。」

張遼興奮地說道。

曹操則滿臉不悅地冷哼一聲。

「那個是冒牌的『龍天子』首級。」

「啊……」

張遼難以置信地張大嘴巴。

「正因如此，所以我有一件事情要麻煩你去處理。」

「是！」

張遼大聲地答道。

「你去把袁隗殺掉。」

曹操冷冷地下令。

「丞相，袁隗的手上有漢天子的傳國玉璽耶！除此之外，她不是還自稱是袁術之子嗎？」

張遼困惑地皺起眉頭。

曹操靜靜地搖著頭。

「難道袁隗所說的話全都是假的？」

張遼不解地追問道。

「哼！我說是假的就是假的。」

曹操用冰冷的語氣回道。

這一刻，張遼的臉上倏地掠過緊張的神色。

「不過，就這樣殺死袁隗倒是有一點可惜。」

曹操低聲地喃喃說道。

「丞相，那麼……」

「算了，我自有對策。你負責去把袁隗身邊的那一幫人統統殺死，不必手下留情。」

「遵命！」

張遼對曹操深深一鞠躬，然後轉身離去。

曹操看著他的背影漸漸變成一個小黑點後，也跟著離開了現場。

來。

就在這當兒，一直偷聽曹操和張遼對話的黑瘴虎慢慢地從黑暗處現身出

「統統殺死……真不愧是丞相！」

他面無表情地喃喃自語。

沒多久，黑瘴虎便將這整件事情的來龍去脈告訴了仲達。

第十六章

曹軍包圍大岩山

志狼、茶盆和蓮花三個人坐在小船上，慢慢地駛離小島。

「我覺得茶盆應該在某個地方等我們比較好。」

蓮花一臉擔心地說道。

但是，茶盆卻大聲地反駁說：

「不行啦！如果你們自己走的話，一定很快就會迷路的。」

「可是……」

「妳別擔心，我每天都會划船到這附近來尋找作羹湯的材料，所以這一帶我熟得就像是家裡的廚房一樣。」

茶盆一邊划槳，一邊開朗地說道。

「茶盆，只有我可以跟蓮花潛進袁隗的帳篷裡哦！妳要乖乖待在船上，萬一發生意外的狀況，妳就不要再管我們了，一定要趕緊逃命。」

志狼耳提面命地提醒她。

「嗯，我知道了。」

茶盆莫可奈何地點點頭。

（不管怎樣，我一定要救出月英，然後再回夏口一趟。

如果可以的話，我也要把伍南山一起救出來。）

志狼抬頭望著朦朧的月光，在心裡暗自盤算著。

剎那間，志狼又猛然想起孔明已經死亡的事實。

「蓮花……」

志狼覺得自己非得找個人說說話，否則一定會被胸口的那股悶氣給壓得喘不過氣來。

「嗯？」

蓮花一臉狐疑地望著他。

「我還是覺得很恐怖。」

「什麼東西很恐怖？」

蓮花蹙緊眉頭問道。

「我真的很害怕去改變歷史……妳不要問我理由，總之，我就是一直有這種感覺。」

志狼頓了一下，接著又說：

「可是，在孔明先生不幸喪生之後，我卻覺得自己應該要努力去做我所能做的事情，因為我已經是這段歷史中的一個人了。」

志狼定睛一瞧，只見蓮花滿臉疑問地看著他。

此刻，蓮花因自己無法分擔志狼的憂愁而感到落寞。

「算了，總而言之，我終究是『龍天子』啊！」

說著，志狼故意露出開朗的笑容。

蓮花也勉強裝出一臉笑容來回應他。

「蓮花，妳一定聽不懂我剛才在說些什麼吧！」

「嗯，我實在很難理解。」

蓮花聳著肩說道。

「沒關係，妳就當我是在自言自語好了。」
「唉！不懂的事情愈來愈多了。」
蓮花歪著頭嘆道。
「啊！」
剎那間，茶盆發出一陣驚叫聲。
「茶盆，怎麼了？」
志狼擔心地詢問。
「你們看！」
茶盆的手遙指向前方。
在朦朧的月光照映下，有好幾艘船正在黑暗的湖面上緩緩前進。
「是軍船！」
志狼睜大了眼睛，屏氣凝神地注視著那些船影。
「那是誰麾下的軍船啊？」

蓮花緊張兮兮地問道。

然而志狼還來不及回答，茶盆已經插話進來說：

「志狼，另一邊也有軍船。」

他們往另一邊看去，這才發現有好幾艘大型軍船正逐漸駛近小島。

當志狼和蓮花看見軍船上面的旗幟時，不禁異口同聲地叫了出來：

「是曹操的軍船！」

「志狼，難道曹操要派兵攻打夏口？」

蓮花焦躁地問道。

「不可能。如果曹操要攻打夏口，這裡絕對不是最佳的進攻路線。」

茶盆代替志狼回答。

「茶盆，那妳認爲這些軍船應該是要往哪裡去？」

蓮花不解地看著茶盆。

「這些軍船很有可能是駛向大岩山。」

「大岩山……那不就是袁隗的根據地嗎？」

蓮花聽到志狼的話，當場瞠目結舌。

（曹操派兵前往大岩山是要去攻打袁隗？還是去締結同盟關係呢？）

志狼在心裡面臆測著。

「茶盆，在曹操的軍船抵達大岩山之前，我們能不能先一步到達？」

志狼認真地問道。

「沒問題，交給我來辦吧！」

茶盆連忙捲起衣袖，操穩船槳，小船於是加快速度向前進。

此時，志狼精神奕奕地看著前方。

蓮花看著滿懷鬥志的志狼，精神也爲之一振。

經過一段時間，志狼等人搭乘的小船慢慢地接近大岩山。

曹操麾下的軍船則如影隨形地緊跟在後。

「志狼，我們要開始行動了。」

蓮花緊張地說道。

志狼點點頭，旋即轉頭對茶盆說：

「茶盆，請妳在穿過葦叢之前，先把小船停下來。」

「爲什麼？」

茶盆困惑地看著他。

「因爲我和蓮花要從那邊游上岸。」

志狼說道，一旁的蓮花也點頭附和。

「不要說這種傻話了！我不是說過一切交給我來辦嗎？」

說時遲那時快，茶盆迅速將小船划進茂密的葦叢中。

「你們過來幫忙一下。」

茶盆一邊說，一邊將手上拿著的船槳伸進葦叢中。

志狼和蓮花定睛一看，才發現這些叢生的葦叢竟然形成了一座浮島。

這時候，他們也明白了茶盆的用意。

於是，他們三個人合力將浮島拉上小船。

這麼一來，他們可以利用浮島的遮蔽，來瞞過大岩山上哨兵們的監視。

「嗯，這樣才安全嘛！」

茶盆得意地笑道。

後來，他們藏身在跟人等高的葦叢中，靠著茶盆熟練的划船技術，慢慢地來到大岩山下。

仔細一看，志狼還可以清楚地看到那些站在山上的哨兵們的身影。

「你們看！」

茶盆的聲音驟然響起。

志狼和蓮花回頭一看，便看見曹操的軍船同時燃起火把，並往大岩山的左右方一字排開。

「曹操軍好像準備要包圍大岩山的樣子。」

蓮花輕聲說道。

「大概吧！」

志狼簡短地回答。

「太棒了！如此一來，那些哨兵們的注意力都會被曹操軍吸引過去。」

蓮花喜出望外地說道。

果然，那些哨兵們全都驚慌失措地用手指著軍船的方向。

志狼見機不可失，馬上催促著蓮花說：

「我們趕快趁這個空檔溜進去。」

「好。」

蓮花精神抖擻地回道。

見狀，茶盆連忙把小船划進大岩山之間的一個小縫裡。

「妳爬得上去嗎？」

志狼一邊指著斜坡，一邊詢問蓮花。

「沒問題！」

蓮花信心十足地說道。

「那我們準備出發嘍！」

志狼作勢要跳離小船之際，又像突然想起什麼事地回頭說：

「茶盆，如果我們不幸被發現的話……」

可是，志狼的話還來不及說完，茶盆那雙大手馬上摀住他的嘴巴。

「別擔心啦！我的嘴巴就是致命武器。」

說著，茶盆對志狼露出粲然一笑。

志狼點點頭，輕輕推開她的雙手。

「對了，你要用這塊黑布遮住臉部，否則一旦你的身分曝光，那伍南山的生命便岌岌可危。」

茶盆邊說邊將黑布遞給志狼。

「我知道了。」

志狼迅速用那塊黑布遮住整個臉，只露出一對炯炯有神的眼睛在外面。

「好，你們走吧！」

茶盆用手拍拍志狼的屁股。

志狼彷彿接到信號一般，立即跳到大岩山的斜坡上。

「走吧！」

蓮花的屁股也被茶盆拍了一下。

蓮花深吸一口氣，動作輕盈地跳上斜坡。

他們兩個人像青蛙一般地趴在斜坡上，以迅雷不及掩耳的速度爬上大岩山。

鮫和鱵緩緩將上座後方的簾幕拉開。

麥老人一臉不悅地瞪著簾幕看。

事實上，袁隗回到大岩山之後，便以換裝爲藉口而遲遲不肯現身。

這時，麥老人和士兵們早已在大廳裡等候多時了。

經過一段時間，袁隗才緩緩地從簾幕後面走出來。

她那一藍一綠的眼睛閃著獨特的光芒，臉上刻意裝出一副嚴肅的表情。

「主君吉祥！」

士兵們一看到袁隗出場，立刻恭敬地行鞠躬禮。

唯有麥老人眼睛瞪得老大，語氣尖銳地質問：

「妳到底打算怎麼做？」

但是，袁隗連看也不看他一眼，只是用堅定的語氣說：

「大家聽著！今晚我們要夜襲夏口。」

剎那間，士兵們都吃驚地抬起頭來看著袁隗。

「妳說什麼？」

麥老人怒視著袁隗。

然而袁隗完全無視於麥老人的存在，仍逕自對士兵們說：

「曹操下令張遼領軍和我們合力征討劉備，所以大家趕快去做好出兵的準備。」

「是！」

儘管如此，在麥老人沒有下達明確的指令之前，在場的士兵們根本不敢輕舉妄動。

「主君，妳打算親自指揮作戰嗎？」

麥老人的雙眼睨視著袁隗。

「當然！這是屬於我的戰爭，所以你就好好地留守大岩山吧！」

袁隗擺出一副目中無人的姿態。

麥老人的眼中佈滿血絲，怒氣衝天地大聲說：

「我不知道跟妳說過幾百次，曹操絕不是妳想像中的那麼好應付！」

「住口！我不是也跟你說過這是我自己的戰爭嗎？」

袁隗氣急敗壞地說道。

就在這當兒，一名士兵氣喘吁吁地跑進大廳裡來。

「報告！」

「什麼事？」

袁隗不耐煩地問道。

「曹操的軍船出現了。」

「我知道，那是張遼所帶領的軍船。」

袁隗志得意滿地笑道。

「可是，那些軍船已經把大岩山包圍起來了。」

「什麼？」

麥老人驚愕地皺緊眉頭。

「不可能……」

袁隗有些不安地自言自語。

「主君！曹軍射火箭進來了！」

同一時間，大廳外又響起士兵們的慘叫聲。

啪！

麥老人憤怒地打了袁隗一巴掌。

「啊！」

袁隗還來不及反應，麥老人已經轉身準備跑到大廳外。

「你要去哪裡？」

袁隗用顫抖的聲音問道。

「我去看看情況。」

說完，麥老人便消失了蹤影。

有些士兵們見到這一幕，也都立刻拔腿離開大廳。

「怎麼會變成這樣……」

袁隗用手撫摸剛才被麥老人打紅的臉頰，十分懊悔地喃喃自語。

第十七章

大岩山追逐戰

志狼和蓮花爬到山頂上後，暫時藏身在隱密處。

黑暗中，軍船上的士兵們對準著大帳篷連續射出數十支火箭。

一時之間，火舌從四周竄起來，而以大帳篷爲中心的袁隗陣營也因此陷入混亂的狀態。

「快逃啊！」

袁隗麾下的士兵們一邊驚叫，一邊四處逃竄。

這時候，那些曹操軍一個接著一個爬上大岩山，準備趁虛而入。

袁隗的士兵們都因爲這突如其來的奇襲而慌了手腳，因此根本沒有人注意到志狼和蓮花。

他們左躲右閃地避開守衛士兵的耳目，順利地潛入大帳篷內。

之後，志狼集中全部精神，欲感受月英的氣息所在。

「月英被關在大牢裡。」

志狼小聲地說道。

「我知道大牢在哪裡，跟我走！」

蓮花上回營救志狼等人時，曾仔細勘察過大帳篷裡的地形，因此對於大牢的位置可以說是瞭若指掌。

此時，袁隗的手下們都跑去對付曹操軍，所以大牢裡只有月英一個人。

鏘！志狼運用雲體風身之術的力量擊碎牢門上的鎖頭。

「蓮花、志狼，謝謝你們。」

月英喜形於色地謝道。

「我們快走吧！」

蓮花拉起月英的手，作勢要離開大牢。

「蓮花，妳和月英兩人先走。」

話聲甫落，志狼已經朝著帳篷裡飛奔而去。

「志狼！」

見狀，蓮花不自覺地往前踏出半步想跟上去，但月英卻抓住了她的手。

「蓮花，妳放心，志狼不會有事的。」

聞言，蓮花不解地歪著頭。

「走吧！」

月英拉著蓮花的手催促道。

「不要留活口！」

張遼站在山頂上，一邊揮動長劍，一邊咆哮著。

霎時，刀刃相接的金屬碰撞聲和士兵們的慘叫聲充斥了整座大岩山。

袁隗的手下們面對這群凶神惡煞般的曹操軍根本無力抵抗，只能眼睜睜地看著他們不斷向大帳篷逼近。

「殺！」

曹操軍的呼嘯聲傳進大廳裡來。

除此之外，來自四面八方的士兵哀號聲也傳入袁隗的耳中。

「曹、曹操這個小人……竟然敢欺騙我……」

袁隗的身體因激動過度而顫抖著，鮫和鱶連忙過來攙扶她。

「主君，請妳振作一點。」

站在一旁的南山擔心地說道。

這時候，原本跑到外面去察看敵情的麥老人突然衝進大廳裡來。

他以十分響亮的聲音下令：

「殺出一條血路來！」

「是！」

士兵們立刻拿好武器，一鼓作氣地衝了出去。

可是，也有一些貪生怕死的士兵們見情勢不妙，紛紛逃之夭夭。

「主君，現在情勢對我們不利，我們還是趕快逃吧！只要主君的手上有傳國玉璽，隨時都可以東山再起的。」

南山一手拿著傳國玉璽，另一手提著裝有首級的布包，殷切地懇求著。

但是袁隗還來不及回答，隨著士兵們的慘叫聲響起，張遼和曹操軍便已經出現在大廳入口處。

「殺！」

張遼一聲令下，曹操軍馬上對著袁隗等人殺了過來。

鱶擋在袁隗面前，怒不可遏地揮動大斧頭，準備要大開殺戒。

「去死吧！」

他一揮動斧頭，曹操軍立刻應聲而倒。

袁隗目睹曹操軍血肉橫飛的景象，不由得楞在當場。

不過，一向膽小的南山此時卻意外地沉著、冷靜。

「主君，我們快走吧！」

南山和鮫一起攙扶著袁隗，往大廳的後門跑去，鱶則殿後以砍殺追兵。

（只要袁隗擁有傳國玉璽，她就能冊封我為武人。

再說，我現在已經得到袁隗的信賴，所以更不能讓她發生意外……）

想到這點，南山不自覺地加快了腳步。

志狼沿著大岩山的邊緣奔跑，想要發現南山的蹤影。

（我一定要將伍南山帶回去，否則他的性命可能會不保。）

志狼愈想愈焦急。

大帳篷的四周不斷竄出火苗，裡面還陸陸續續傳來士兵們的慘叫聲。

（如果我現在進去大帳篷裡找伍南山的話，一定會被人識破身分。）

志狼嘆一口氣，正想放棄的時候，剛好看到南山從大帳篷後方跑出來。

此外，袁隗、鮫和鱶三個人也緊跟在南山的身邊。

「伍南山，快跟我一起走！」

志狼一面大叫，一面跳到南山的面前。

「啊？」

南山吃驚地看著用布蒙著臉的志狼。

（我已經沒有時間說服伍南山了，看樣子，只好動用武力帶走他。）

志狼正準備擺出架式時，南山突然拔出刀來。

「我是追隨主君的武人伍南山，如果你要擋路的話，我會殺死你的！」

他鼓起勇氣大聲說道。

（直到現在，伍南山還把自己的前途賭在袁隗身上。）

志狼非常了解南山的心情。

「在這裡！」

曹操軍的追殺聲從遠處傳來。

志狼發現南山一直看著自己的背後，於是猛然回頭一看，只見那邊正是一個洞窟的入口處。

（原來他們打算從這裡逃走。）

「伍南山，你走吧！不過，你一定要堅強活下去。」

說完，志狼準備掉頭離開。
誰知道，麥老人正好擋住志狼的去路。
他瞪大了雙眼，仔細打量著志狼。
瞬間，麥老人又吃驚地叫道：
「『龍天子』！」
「什麼？」
袁隗聽到麥老人的話，頓時停住腳步，驚訝萬分地看著志狼。
「不、不是，我是……」
志狼一向不善於說謊，因此支支吾吾地不知該如何應對。
「哼！你竟然敢欺騙我！」
麥老人怒氣沖沖地拔出劍來。
志狼大驚失色，趕緊擺出應戰姿勢。
在這劍拔弩張之際，由張遼率領的曹操軍也追到了洞窟前。

「來人啊！全部格殺勿論！」

張遼站在曹操軍的最後面大叫著。

志狼為避免捲進不必要的戰鬥中，於是運用雲體風身之術的力量，將腳邊的石塊踢向擋住去路的麥老人。

「啊！」

麥老人的側腹被石塊擊中，頓時彎下腰來。

正因如此，志狼才得以順利逃脫。

「等一等，『龍天子』！」

麥老人以低沉的聲音吶喊。

「咦？『龍天子』……」

張遼一邊喃喃自語，一邊用視線追逐消失於岩石陰暗處的志狼身影。

「殺！」

曹操軍逐步逼近袁隗等人，並朝著麥老人殺了過來。

「可惡！」

麥老人從懷裡取出一個小袋子，然後用力將它丟在地上。

剎那間，小袋子爆裂開來，現場立刻籠罩在白色的煙霧中。

「主君，趁現在趕快走。」

南山趁機推著袁隗進入洞窟。

當鮫和鱶也進去洞窟後，兩人便合力將一塊大岩石堵住入口，使得外人無法再進入洞窟裡。

這一刻，白色煙霧漸漸散開，張遼才赫然發現袁隗等人早已消失無蹤。

確定沒有追兵之後，志狼便半滾半滑地落到斜坡上。

他拿掉臉上的黑布，縱身一躍，跳進了在下面等著的小船。

「志狼！」

蓮花看到志狼平安無事，好不容易鬆了一口氣。

「我們走吧！」

茶盆馬上操穩船槳，將小船划向湖中央。

「志狼，你有看到伍南山嗎？」

茶盆擔心地問道。

「嗯。可是，我沒有辦法帶他出來。」

志狼沮喪地低下頭。

「沒關係，你已經盡力了。」

茶盆微笑地安慰他。

這時候，月英彷彿想到什麼事地抬起頭來望著大岩山。

「月英，怎麼了？」

志狼不安地看著她。

「啊，沒什麼。總之，我們先逃到安全的地方再說。」

月英以沉穩的語氣回答志狼。

可是，志狼總覺得月英似乎有事情隱瞞著他。

就在這當兒，志狼又猛地想起孔明被大火吞噬，最後還滾落大岩山的那一幕。

長久以來，袁隗一直瞞著麥老人，私下命令鮫和鱶兩人挖掘洞窟，以做爲緊急時的逃生通道。

這條逃生通道的盡頭是湖口，因此袁隗事前已經在洞窟裡準備了一艘小船，好讓自己可以隨時搭乘小船離開大岩山。

正因如此，袁隗等人才得以在這兵荒馬亂之際全身而退。

第十八章

冤家路窄

志狼等人搭乘的小船在陰暗的湖面上快速滑行，而曹操旗下的軍船也漸漸趕了上來。

「志狼，曹操軍是不是要來抓逃走的人？」

茶盆狐疑地問道。

「嗯，他們大概也想抓住我們吧！」

志狼擔憂地環顧四周。

「奇怪了？曹操軍怎麼會追到大岩山來呢？」

茶盆相當困惑地喃喃自語。

「曹操軍一定是依循出使江陵的使者的路線來到大岩山的。」

月英用沉穩的語氣回道。

「這麼說來，他們只知道來時的路嘍？」

「嗯。」

「既然如此，我們改走別條路。」

說著，負責划船的茶盆立即改變小船行駛的方向。

「志狼，她是……」

月英手指著茶盆問道。

志狼正要開口回答時，茶盆已經搶先一步說：

「我是志狼的愛人啊！」

「啊？」

志狼根本沒料到她會這麼回答，因此呆若木雞地說不出話來。

「這到底是怎麼一回事？」

袁隗全身無力地靠在船舷邊，神情落寞地自言自語。

接著，她以一種不信任的眼神注視著南山說：

「伍南山，你是不是欺騙了我？」

「主君，我確實是殺了一個自稱是『龍天子』的男人啊！」

南山心虛地低下頭，雙手不自覺地互相摩擦。

「曹操背叛了我們的約定，而麥老人又說『龍天子』沒死……這究竟是怎麼回事？」

「難道只有我一個人被蒙在鼓裡？」

袁隗的視線在半空中游移不定。

袁隗露出一副失魂落魄的模樣。

「主君，只要傳國玉璽還在妳的手上，我們一定可以東山再起的，請妳一定要堅強起來。」

南山十分恭敬地把傳國玉璽遞到袁隗的面前。

袁隗順手將傳國玉璽接過來，然後不發一語地望著南山。

突然間，志狼感受到一股人氣正逐漸接近他們。

「茶盆，請妳先放慢船速。」

「怎麼了？」
「這附近有人。」
聽到志狼這句話，茶盆立刻放慢船速，蓮花也擺出備戰的姿態。
沒多久，一艘小船陡然出現在他們的左前方。
由於那艘小船行駛的速度非常快，眼看它就要撞上茶盆的小船。
同一時間，志狼才發現那艘小船上坐著四個相當面熟的人。
「『龍天子』！」
袁隗難以置信地叫道。
一旁的鱶馬上揮動大斧頭，直直地對準茶盆的小船砍下來。
「啊！」
大斧頭一落下來，茶盆等人的慘叫聲也隨之響起。
頃刻間，茶盆的小船被劈成了兩半，船上的人全落在湖面上載浮載沉。
「救命啊！」

志狼見到茶盆一副快要溺斃的樣子，趕緊抓住一塊小船碎裂的木板，拚命游到她的身邊去。

茶盆緊緊抓住那塊木板，好讓志狼可以推著她一起向前游。

「到那……那邊！」

茶盆用下巴指指前方的小島。

志狼努力推著茶盆往小島的方向前進，蓮花和月英也迅速游了過來。

見狀，袁隗焦躁地大叫：

「快點殺了『龍天子』！」

但是南山卻抱住袁隗的腰，用沙啞的聲音說：

「主君，我們現在最要緊的應該是先逃命啊！」

袁隗用力推開南山，憤恨難消地吼道：

「我絕不會輕易放過欺騙我的『龍天子』！快追！」

趁著南山勸阻袁隗的同時，志狼等人已經平安地游到岸上了。

儘管如此，袁隗的小船還是全速朝著小島前進。

志狼一邊回頭看著那艘小船，一邊對蓮花說：

「妳要好好保護月英和茶盆。」

「我知道。」

說完，蓮花立刻帶著月英和茶盆兩人一起躲到一棵大樹下。

志狼站在原地，擺好對戰的架式等著袁隗到來。

一會兒，袁隗的小船停泊在淺灘上，鮫和鱶兩人迅速跳下船，然後小心翼翼地攙扶著袁隗下船來。

隨後，南山慎重其事地抱著裝有北河首級的布包，緩緩地走下船。

袁隗在鮫和鱶的保護下，一路走到志狼的面前。

「你騙我。」

她用冰冷的目光定定地看著志狼。

志狼先瞥了南山一眼，然後斷然地說：

「沒錯！是我讓伍南山拿著假首級去騙妳的。」

南山聽到這句話，愕然地抬起頭來。

「殺了他！」

袁隗指著志狼，眼冒怒火地大吼。

鮫立即亮出銳利的三日月形刀，而鱭則揮動那把令人看了就害怕的大斧頭，兩人殺氣騰騰地向志狼逼近。

志狼想先來個下馬威，遂將右腳往前跨出一步，對準鮫揮出一記實拳。

沒想到，鮫卻在那一瞬間避開了志狼這一擊，並準備揮下三日月形刀。

志狼連忙發出硬氣功，以鋼鐵般的左手抵住尖銳的三日月形刀。

說時遲那時快，一旁的鱭又對著志狼揮下了大斧頭。

在這千鈞一髮之際，志狼急急往後退，躲開了鮫和鱭兩人的攻擊。

爲了擺脫糾纏，志狼決定運用雲體風身之術的力量來對付他們。

這時，鮫和鱭將他們的兵器高高舉起，準備使盡全力朝志狼砍下去。

第十八章 冤家路窄

令人意外的是，志狼竟然在一轉眼間躲開他們的攻擊，而且還趁著鮫和鱶吃驚的當兒，對兩人施展左右開攻。

看見鮫和鱶倒在地上哀號，袁隗不由得畏怯地縮起身子。

瞬間，志狼停止一切動作，雙眼快速地掃視四周。

（是麥老人！）

正當志狼感受到一股由麥老人所產生出來的妖氣時，一陣令人感到不快的振翅聲隨之響起。

頓時，數以萬計的蝙蝠突然朝著志狼等人飛奔而來。

「啊！」

袁隗趕忙用手摀著臉，當場蹲了下來。

志狼和其他人也立刻蒙住臉，將身體一轉，背對著面目猙獰的蝙蝠。

由於蝙蝠鳴叫和振翅的聲音實在太大，使得志狼根本無法感受到麥老人身在何處。

於是，志狼咬緊牙關抬起頭來，數十隻蝙蝠立刻掠過他的臉頰。

這一瞬間，佈滿整座小島的蝙蝠突然急速飛離，現場又漸漸恢復寧靜。

志狼提高警覺地眼觀四面，耳聽八方。

「啊！」

霎時，志狼聽到一聲尖叫。

他回頭一看，發現麥老人從背後緊緊地勒住月英的脖子。

志狼擺出戰鬥姿勢，想找機會對麥老人發動攻擊。

蓮花一時沉不住氣，整個人在半空中翻滾，以風馳電掣的動作擾亂麥老人的注意力，然後趁隙施展頗具威力的迴旋踢。

可是，麥老人微微一晃便避開蓮花攻擊，還迅速用拳頭擊向她的膝蓋。

「啊……」

蓮花頓時倒在地上，痛苦地扭曲著臉，雙手不停地撫摸著膝蓋。

志狼焦急地想上前救她，卻苦於無反擊的機會。

此刻，麥老人的視線攫住站在一旁的袁隗。

「愚蠢的女人！」

麥老人用低沉的聲音輕蔑地說道，同時抓著月英慢慢走到袁隗的身邊。

「你們去把那個胖女人帶過來。」

麥老人手指著茶盆，對鮫和鱶喝令道。

鮫和鱶連忙站起來，合力將茶盆那笨重的身體抱起來，旋即跟在麥老人的後頭。

「放心，我不會拿妳們當人肉盾牌的。」

麥老人用力將月英和茶盆推倒在地上，隨後又把目光落到袁隗的身上。

「哼！妳竟然敢跟我鬥！」

麥老人一把揪住袁隗的肩頭，並將她狠狠地甩在地上。

「妳不是自稱為袁術之子，要為父親報仇的嗎？如果沒有打從心底憎恨所有的人類，那妳要以什麼來取得天下？」

麥老人用冰冷的眼神俯視著她。

「沒想到妳會對『龍天子』產生感情……對我來說，像妳這種失去憎恨和野心的人已經沒有利用價值了！」

麥老人拔起袁隗掛在腰間的利劍，將劍抵在她的胸口上。

「你要幹什麼？」

袁隗害怕地瞪大雙眼，用沙啞的聲音問道。

麥老人不發一語，眼裡閃著凶狠的光芒。

「住手！」

志狼大喝一聲，無聲無息地衝到麥老人面前。

只可惜，麥老人的動作更快，只見他手上的劍已經指著志狼的鼻尖。

「『龍天子』，你見不得女人被殺嗎？」

「沒錯！」

志狼簡短地回答。

袁隗跌坐在地上，臉色慘白地望著宛如救星的志狼。

「既然如此，那我就先在袁隗的面前將你殺死，然後再拿著你的首級送去給劉備。」

說完，麥老人丟掉那把利劍，準備對志狼施展獨門邪術。

就在這時候，南山緊緊抱著布包，一臉哀怨地說：

「『龍天子』的首級在這裡……」

「滾開！」

麥老人看都不看南山一眼地用力推開他。

「來吧！『龍天子』！」

麥老人兩眼直視著志狼，慢慢把腳往前一踏。

見狀，志狼微微往後退，擺出迎戰的姿態。

「志狼，你要小心他可能會使用下流的招數。」

聽到月英對志狼提出警告，麥老人不禁撇了撇嘴角地說：

「我才不像漢人爲了一己之私，什麼骯髒齷齪的手段都使得出來。」

麥老人一邊說，一邊又往前踏出一步。

「我們的族人雖然生活在北方貧瘠的土地上，但是絕不自暴自棄，完全靠著自己的力量存活下來，然而你們漢人卻將我們的自尊踩在腳底下！」

他忿忿不平地又往前逼近一步。

「『龍天子』，我不會拿這些女人當人質的，我要以一個人的力量摘下你的腦袋，所以你儘管放馬過來！」

麥老人站在距離志狼兩步遠的地方，若無其事地張開雙手。

（乍見之下，麥老人似乎全身上下都有可以攻擊的弱點，但事實上卻讓人毫無可乘之機。）

志狼屏氣凝神地注視著他。

沒多久，麥老人開始晃動身體。

志狼找到一個攻擊的機會，於是快速向前擊向麥老人的胸口。

可是，志狼的拳頭不僅撲了個空，整個人還被麥老人狠狠地摔在地上。

志狼迅速站起身來，重新擺好架式，定定地看著滿臉得意的麥老人。

瞬間，麥老人口中發出一聲吼叫，隨即對志狼擊出一記實拳。

志狼輕鬆避開這一拳後，趁勢對麥老人施展一個威力無窮的迴旋踢。

令人意外的是，麥老人又輕而易舉地避開志狼的攻擊。

「原來『龍天子』的實力也不過如此而已。」

麥老人瞇起雙眼，一臉不屑地睨視著志狼。

（麥老人或許跟仙人左慈一樣擁有高深莫測的實力。）

想到這點，志狼全身的神經又不自覺地緊繃起來。

「承受我所有的恨吧！」

麥老人一面吶喊，一面張開雙臂。

此時，瀰漫在四周的生物氣息逐漸增強，附近樹葉都不停地沙沙作響，

而且連那些感受不到妖氣的人都覺得胸口有一股難受的壓迫感。

第十九章

悲慘的結局

麥老人張開雙臂，以銳利的眼神瞪著志狼。

「當初在靈帝身旁的那些人說希望能借助我的力量，來幫助世界重建太平，爲了這個信念，我才會離開貧瘠的家鄉，來到由漢人主宰的國度。」

麥老人向前走近一步，以低沉的語氣說道。

「吱……」

一隻鼯鼠忽然從黑暗中飛竄出來，而且在轉眼間又消失得無影無蹤。

志狼冷不防地被那隻鼯鼠給嚇了一跳。

但是，麥老人卻視若無睹地繼續說：

「誰知道，那些人其實都是要利用我來圖謀個人的私利。」

這當兒，又有兩隻尖嘴梟以猛烈的速度朝著志狼飛落下來。

志狼拚命用手揮趕牠們，因此造成手臂上多處受傷流血。

「我拒絕跟他們合作，結果那些人居然向靈帝進讒言，不只誣蔑我是北方的蠻人，還在我的頭上冠上叛賊的罪名！」

麥老人憤恨難消地吼道。

話聲剛落，三隻鼴鼠猛然從黑暗中冒出來，直直地襲向志狼。

志狼手忙腳亂地甩開那些鼴鼠，但一不注意還是被牠們抓傷了臉頰。

「不僅如此，那些人甚至用火燒毀了我們族人的土地，更將我的一家人全部殺死！」

麥老人怒火中燒地豎起兩道眉毛。

「我一輩子都無法忘記這種恨！」

麥老人一邊怒吼，一邊把手揮向志狼。

瞬間，一條大蛇從麥老人的袖口竄出來，並以飛箭般的速度襲向志狼。

志狼根本來不及反應，大蛇已經緊緊地纏捲上他的身體。

「志狼！」

蓮花正準備把劍丟給志狼時，一隻鼴鼠突然竄出來襲擊她的手臂。

同一時間，蓮花手上的劍也因此掉落到地上。

雖然志狼很想擺脫大蛇的糾纏，但只要他一掙扎，大蛇便捲得更緊。一不小心，志狼失去了平衡，整個人倒在地上動彈不得。

「我絕不讓這個世界有太平之日，我一定要讓所有的漢人都嚐到國破家亡的滋味！」

麥老人俯視著志狼，十分悲憤地說道。

「你應該去恨那些曾經傷害過你的人才對。」

志狼大聲地反駁回去。

「沒錯！如果你這樣做，不就跟那些曾傷害過你的人一樣可惡了嗎？」

茶盆忍不住在一旁插嘴說道。

「住口！」

麥老人怒不可遏地大叫。

一隻鼯鼠倏地從地上跳起來，抓了茶盆的手臂一下，隨即又消失不見。

另一方面，大蛇捲住志狼身體的力量也漸漸增強。

「『龍天子』，我看你能撐到何時！」

麥老人斜睨著痛苦掙扎的志狼，冷酷無情地丟下這句話。

志狼深吸一口氣，準備運用雲體風身之術的力量來彈開大蛇。

但由於那條大蛇纏捲的力量實在太大，令志狼幾乎快喘不過氣來，更遑論要施展雲體風身之術了。

「哈哈哈……」

麥老人看見志狼一副無計可施的模樣，不禁志得意滿地縱聲狂笑。

見到這一幕，蓮花火速地朝麥老人逼近。

月英想助蓮花一臂之力，於是拿起腳邊的石塊，往麥老人的方向丟去。

一旁的南山則冷不防地拔出刀來，兩步併作一步地奔向麥老人。

麥老人輕鬆地閃過石塊攻擊，並趁著蓮花不注意時賞了她一記手刀。

「啊！」

蓮花應聲倒了下來。

麥老人用左手拂開南山揮過來的刀，左手則在他的脖子上用力一擊。

「唔……」

南山呻吟一聲，隨即痛苦地倒在地上。

同一時間，袁隗從茫然呆立著的鱶手中搶過大斧頭，然後迅捷跑到志狼的身邊。

「呀！」

袁隗一邊大叫，一邊把大斧頭對準纏捲在志狼身上的大蛇砍下去。

大蛇被袁隗這麼一砍，整個身體開始痙攣起來。

頓時，志狼感覺大蛇纏捲的力量減弱許多。

「喝！」

志狼大喝一聲，利用雲體風身之術的力量將大蛇用力彈開來。

他甩開大蛇後，立刻將袁隗手上的大斧頭拿過來。

麥老人瞪大雙眼，難以置信地看著這一切。

「去死吧！」

志狼用兩手把大斧頭高高舉起，一鼓作氣朝大蛇砍下去。

霎時，大蛇被砍成兩段，血水也四濺開來。

「可惡！」

麥老人大聲怒吼，旋即往前踏出一步。

可是，麥老人因情緒過度激動，使得肢體的動作遲緩了下來。

見狀，志狼的腳往地面一蹬，以瞬間移動的速度和麥老人擦肩而過。

在麥老人準備出拳之前，志狼已經先一步發勁將他擊倒在地上。

「麥老人！」

袁隗快步跑到麥老人的身邊。

「妳竟然背叛我……」

麥老人滿臉怨懟地看著袁隗，然後緩緩地閉上眼睛。

「麥老人……」

袁隗雙眼茫然地俯視著他。

「志狼，麥老人死了嗎？」

茶盆戰戰兢兢地問道。

「嗯。如果我不殺死他，現在死的人便是我。」

說完，志狼逕自走到袁隗的面前。

「謝謝妳救了我一命。」

袁隗一聽，立刻表現出一副目中無人的傲慢姿態。

「『龍天子』，誰允許你用那種口氣跟我說話的？難道你忘了我的手上擁有漢天子的傳國玉璽嗎？」

她一面睥睨著志狼，一面從懷裡拿出傳國玉璽。

令人訝異的是，傳國玉璽表面上的金箔紙已經完全剝落，底下粗糙的木頭材質也明顯地揭露出來。

「怎、怎麼會……」

袁隗錯愕地睜大雙眼，全身也不停地顫抖著。

「看樣子，那應該是一個僞造的傳國玉璽。」

蓮花冷冷地說道。

「可惡！」

袁隗將僞造的傳國玉璽用力丟在地上。

「我真的是袁術之子……我一定要拿回漢帝的寶座……」

說完，袁隗以驚人的速度直衝向湖邊，然後縱身一跳。

志狼大吃一驚，正想拔腿跑過去時，鱶和鮫已經搶先他一步行動。

他們兩人奮不顧身地跳到湖裡，然後和袁隗一起消失於黑暗中。

這時候，茶盆走到月英身旁，十分好奇地問：

「袁隗真的是袁術之子嗎？」

「我不知道。不過，就算她真的是袁術之子，也不像是一位可以立於萬人之上的人物。」

月英話聲剛落，南山的哭泣聲便猛地響起來。

只見他頹喪地坐在地上，拿起刀子準備要刺進肚子裡。

「住手！」

在這千鈞一髮之際，志狼衝到南山身邊，一把奪過他手中的刀子。

「讓、讓我死吧……」

南山涕泗縱橫地哀求道。

茶盆跑過來，把手搭在南山的肩上說：

「你一定要勇敢活下去，絕對不能輕易尋死。」

「可是，我這個樣子怎麼回老家去？而且我也對不起北河……」

說著，南山又傷心地掉下眼淚。

「你已經盡力了。」

茶盆溫柔地安慰道。

「但是，我的希望也破滅了。」

南山痛苦地低下頭。

「不！只要你活著，一定還有希望的。」

茶盆輕輕拍著南山的肩膀，面帶微笑地鼓勵他。

然而，南山依舊抽抽噎噎地說：

「如果我這樣一事無成回去的話，我母親她……」

「只要你努力活下去，總有一天，令堂一定會諒解你的。」

「可、可是……」

話還沒說完，南山一時悲從中來，整個人趴在地上號啕大哭。

「其實你並不一定要成爲武人才算不枉此生啊！如何讓自己的每一天都過得充實、有意義才是最重要的事。如果你弟弟在地下有知，也絕不會希望見到你這樣結束自己的生命，所以你一定要積極樂觀地活下去。」

茶盆好像在安撫小孩子一般地輕拍南山的背，不停地用好言相勸。

這時候，南山用手拭去臉上的淚水，抬起頭來定定地看著茶盆。

隨後，南山十分認真地對她點點頭。

茶盆知道他已經打消尋死的念頭，這才放心地鬆了一口氣。

這一刻，志狼感覺一股危險的妖氣逐漸接近，立即擺出一副作戰姿勢。

月英和蓮花見狀，也警戒地環視四周。

「你們實在太輕敵了。」

沒多久，一陣冷得讓人脊背發涼的聲音從湖邊傳過來。

（仲達……）

志狼神情專注地凝視著一艘慢慢靠近湖邊的小船。

「『龍天子』，如果你再這麼仁慈，將來有一天一定會害了自己的。」

仲達的嘴角揚起一抹陰險的笑容，直挺挺地站在小船上。

「你說什麼？」

志狼不解地反問道。

仲達只是冷笑一聲，旋即從船上拎起三個血跡斑斑的首級。

「啊！」

大家定睛一看，赫然發現那是袁隗、鮫和鱭的首級之後，都不禁發出驚叫聲。

「『龍天子』，像這些一無是處的害蟲一定要盡早除掉。」

仲達用冰冷的聲音說道。

「你想怎麼樣？」

志狼狐疑地問道。

「我要把這三個首級交給張遼，讓他可以獲得曹操的獎賞。」

仲達將那三個首級重重地丟在船上。

「『龍天子』，我們將來一定還會再見面的。」

他以毫無抑揚頓挫的口吻說完這句話，然後連人帶船地消失於黑暗中。

第二十章

重回夏日

志狼一行人坐上袁隗之前所搭乘的小船，準備趕回去夏口。

茶盆拿穩船槳，作勢要划船離開時，南山卻開口對她說：

「讓我來吧！」

南山輕輕放下北河的首級，從茶盆的手上接過船槳，將小船划離岸邊。

「妳的傷勢怎麼樣？」

茶盆一屁股地坐到蓮花身邊。

蓮花定定地看著自己的膝蓋好一會兒，隨即抬起頭來回道：

「現在已經好多了。」

此時，茶盆突然轉移話題說：

「不知道爲什麼，我一直覺得袁隗很可憐。雖然她總是擺出一副高高在上的姿態，可是，我總覺得袁隗的內心應該是相當寂寞的。」

說著，茶盆將目光落到志狼的身上。

「其實，袁隗明明很想把她的心交給某個人。」

聽到茶盆的話，蓮花不由自主地點點頭。

「蓮花，千萬不要隱藏自己的感情，而且就算單戀到最後沒有結果，也一定要無怨無悔。」

茶盆一臉嚴肅地說道。

蓮花不作任何表態，只是微微地笑了。

另一方面，志狼自從上船後，便一直心事重重地望著月英。

「月英……」

過了半晌，志狼才鼓起勇氣輕聲叫喚。

「嗯？」

月英把臉轉向志狼。

「對不起，這一切都是因爲我……孔明先生才會……」

志狼吞吞吐吐地說道。

月英先是滿臉困惑地看著他，隨後又恍然大悟地笑著說：

「志狼，你不用擔心。」

月英沒有對志狼多加解釋，便逕自轉頭對南山說：

「等一下你可不可以將小船停在大岩山旁邊？」

「嗯。」

南山點著頭應道。

不久，小船從狹窄的水路來到寬廣的湖面上，前方隱隱約約可以看見大岩山。

（月英一定是想再看一次孔明先生殞命的地方……）

志狼看著月英的側面，一顆心又開始隱隱作痛。

「啊！果然在那裡。」

當小船慢慢靠近大岩山時，月英突然興奮地叫了起來。

志狼和蓮花都困惑不解地望著她。

「伍南山，請你把小船划到那邊去。」

月英指著山腳下的一塊岩石說道。

「好！」

南山立即把小船划向岩石的方向。

這時候，有一個人正站在岩石上，對著月英等人猛揮手。

隨著小船逐漸接近大岩山，志狼等人終於看清楚那個人的長相。

「孔明先生！」

蓮花和志狼大驚失色地尖叫起來。

「你真的是孔明先生嗎？」

孔明一跳到小船上，蓮花便忍不住用手去碰觸他的身體。

「當然啊！咦？難道月英還沒告訴你們？」

孔明邊說邊看著一臉笑意的月英。

只見月英默不作聲地搖搖頭。

「這到底是怎麼一回事？」

不明就裡的志狼茫然地問道。

月英抿嘴輕笑起來，旋即開口對志狼說：

「志狼，請將你的手掌伸出來。」

志狼依言把手掌伸過去，月英馬上吹了一聲口哨，緊接著，一隻小鳥忽然飛落在志狼的手掌上。

此刻，月英從指尖彈出一種黃色粉末覆蓋在小鳥身上。

剎那間，小鳥整個身體被熊熊烈火所吞噬。

令志狼感到不可思議的是，他的手掌絲毫感覺不出一絲絲熱氣。

不久，志狼手掌上的火焰急遽縮小，慢慢消失得無影無蹤，只剩下一些白色的粉末。

「小鳥好可憐哦！」

茶盆憐惜地喃喃說道。

這時月英又吹響一聲口哨，而剛才那隻被火燒成灰燼的小鳥竟然從志狼的袖子中飛了出來。牠一邊婉轉啼叫，一邊展翅高飛。

現場除了孔明之外，所有人見到這一幕莫不嘖嘖稱奇。

「你們懂了吧！這就是在西域國家裡的那些藝人所表演的一種魔術。」

「這其中一定有什麼訣竅吧？」

志狼好奇地詢問月英。

「沒錯！這個魔術的訣竅是在於將眾人的注意力轉移到熊熊燃燒的火焰上。不過，這還是我第一次用真人做實驗呢！」

說到這裡，月英露出溫柔的眼神凝視著志狼。

「這些日子你都在做什麼？」

「我從大岩山上掉下來時，不小心撞到頭，整個人昏了過去。待我醒來之後，一直覺得腦袋昏昏沉沉的，於是就到一處隱密的洞窟裡休息。」

孔明邊說邊撫摸著後腦勺。

「多謝你的幫忙。」

南山站在夏口最大的城門前，雙手捧著裝有北河首級的布包，對志狼深深一鞠躬。

回到夏口後，志狼立刻幫南山添購新衣服，而且還給了他一些錢。在盛情難卻的情況下，南山最後接受了志狼的好意。

「總有一天，我一定會報答你的大恩大德的。」

南山深深地低下頭。

「快別這麼說。只要你以後認真工作，好好奉養令堂，過著快樂的日子，我便會爲你感到高興。」

南山用力點著頭，淚水也從他的眼裡滑落下來。

「『龍天子』，保重了。」

說完，南山便轉過身，朝著寬廣的街道上走去。

「志狼！」

志狼一走進城門，便被蓮花叫住。

「蓮花……啊，怎麼大家都來了？」

志狼訝異地看著蓮花身邊的孔明、月英和愛琳。

「我們想去茶盆的店裡看一下，你要不要一起去？」

志狼只是稍微遲疑一下，蓮花便立即揶揄他說：

「難道你不想去見愛人嗎？」

「別胡說八道了！」

志狼急忙否認。

「原來茶盆大嬸是龍哥哥的愛人啊！」

一旁的愛琳興奮地叫道。

「是呀！她對妳的龍哥哥可是非常溫柔、體貼的喲！」

蓮花故意大聲說道。

「喂、喂！不要亂說！」

志狼滿臉通紅地說道。

「算了，我不糗你了。快走吧！」

蓮花一手牽起愛琳，另一手挽著月英的手臂向前走，孔明和志狼兩人則緊跟在後。

走到半路上，志狼忽然轉頭對孔明說：

「孔明先生，我不再迷惘了。」

志狼一臉堅決地看著孔明。

「我希望能盡一己之力，爲歷史做點有益的事。」

孔明聞言，慢慢點點頭說：

「我不知道你到底經歷過什麼事，不過，我很高興能聽到你這麼說。」

「可是，我之所以繼續戰鬥，是爲了要救出真澄，也是爲了想保護那些

關心、照顧我的人，這一點還希望孔明先生能夠明白。」

「嗯，我了解。」

志狼一行人來到茶盆的店前，赫然發現門口的竹簾上張貼著一張紅紙。他們不約而同地湊向前去看，只見紅紙上面寫了幾個字：

小店即日起暫時停止營業。

（茶盆一定是跟伍南山走了……）

志狼抬頭看著天空，不禁想起茶盆的一切。

（那個面帶笑容、精神奕奕的茶盆一定會讓他找到人生的新希望。）

想到這兒，志狼不由得竊笑起來。

就在這當兒，趙雲騎著馬趕到他們的面前來。

「孔明先生、志狼，孫權的使者剛剛到達夏口。」

「你說什麼？」

孔明一臉正經地看著趙雲。

「他們表面上說是特地來弔祭病歿的劉表大人，其實真正的目的是要跟我軍聯合起來對抗南進的曹操軍。」

「嗯，是時候了。」

孔明一面點著頭，一面喃喃自語。

（在這個戰亂的時代，一個新的局面又即將展開。未來還有各種勢力相互衝擊，許多觀念複雜交錯，而歷史只不過是這些錯綜複雜的狀況所營造出來的結果。

我現在處於這場漩渦中，若不全心全力投入其中的話，便無法開創明天的契機。）

志狼抬頭望著蔚藍的晴空，更加堅定自己的決心。

作者後記

在寫上一回的作者後記時，筆者壓根兒沒想過會有再寫第二次的機會，而這都要感謝讀者們的愛護及支持，所以「龍狼傳外傳」版第二集才能順利出版。

謝謝！

「謝謝」原本是北京話中的致謝詞，但因爲香港人大部份都說廣東話，所以就轉變成「多謝」兩字。

同樣是中國話，卻因地域不同而有著明顯的差異。

本故事中提到的「羹湯」其實是一種廣東料理，至於三國時代到底有沒有這種食物，筆者並沒有在這些細節上詳加考證，希望讀者們能夠見諒。

我們來談談羹湯吧！一般來說，羹湯是將所有的材料切細之後，再用太白粉勾芡混煮而成的湯，其中最具代表性的就是「蟹肉豆腐羹」。

此外，還有一些比較特別的羹湯，例如菜單上面有「狗」這個字，就代表羹湯裡面加了狗肉；如果有「虎」字的話，便是加了貓肉的羹湯。

對了，筆者還曾看過寫了「龍」字的羹湯呢！

後來筆者一問之下，才知道那是一種用蛇肉作成的「蛇羹」。蛇羹是中國人冬令進補時最喜歡吃的料理，聽說吃了不僅可以補精益氣，還有明目的食療效果喲！

不過，筆者只是看過這道料理而已，根本沒有勇氣去嚐它一口，所以也無從得知蛇羹的美味與療效究竟如何。

總而言之，書中茶盆所料理的羹湯其實就是以蛇羹為依據的，只不過裡面所提到的蜈蚣、蜥蜴……那純粹是一種小說誇張的寫法而已。

最後，筆者要向原作者山原老師致謝，同時希望各位讀者能為我加油打氣。有了大家的支持與愛護，我的新作才能盡快問世。

謝謝大家！

一九九七年九月

並木敏

關於「外傳」

筆者在閱讀本作品時，總是盡可能地提醒自己以自我的方式去思考故事背後的主題。

結果，筆者從故事中強烈地感受到「人類的愚昧」。

被怨恨所支配的麥老人和執著於權力的袁隗，這兩個人都充分暴露出人類經常被欲望驅使的悲哀。

而伍氏兄弟在一心奢望成爲武人之餘，最後卻造成了北河死亡的悲劇。

照理說，人類是爲了尋找幸福而生存的，不管處於多麼艱困的立場或環境，這種願望應該都不會有所改變。

不過，人類所求的幸福到底是什麼呢？

像麥老人和袁隗爲了滿足自己的權力欲望，即使犧牲他人的性命也都在所不惜。但是，這算得上是幸福嗎？

一般而言，所謂的幸福是讓人獲得一種滿足感，但如果只是一味地和別人比較，自私自利地追求個人目標的話，那麼豈不是荒廢了人道？

事實上，筆者認爲袁隗等人的心態不只是亂世兒女的寫照，而且許多現代人也存有這種扭曲的價值觀。正因如此，我們的社會中才會有那麼多經常感到不滿足的人。

筆者認爲這種扭曲的價值觀主要是來自於人類的愚昧，而人類歷史也證明了這些道理。雖然「龍狼傳外傳」和筆者所著的「龍狼傳」並不是史實，可是，這些故事裡所描繪出來的人類欲望和價值觀跟現實世界並沒有兩樣。

如果各位讀者能從一本小說或漫畫書中得到人生的啓發，並引導自己走向正途，那真的是所有作家們最感到欣慰的事了。

假如可以的話，筆者非常希望自己能成爲茶盆那一種樂天知命的人。

最後，筆者在此要向兩度將「龍狼傳」小說化的各位編輯人員致謝，同時也祝各位讀者幸福、快樂。

一九九七年九月

山原義人

勁爆文庫 P028-PF02

龍狼傳外傳 ②
——龍天子之首

作者：並木敏
插畫：山原義人
譯者：陳惠莉

發行人	潘意平
編輯主任	何曉琪
執行編輯	連秋香
責任編輯	顏惠君
特約編輯	呂宜螢
美編主任	黃淑惠
美術編輯	李怡倩
發行所	加珈文化事業有限公司
地址	台北市承德路二段81號9樓之1
電話	(02)25586352・25586362
FAX	(02)25581665
劃撥帳號	17733898
製版	聯宇照相製版有限公司
印刷	科樂彩色印刷有限公司
經銷	東立出版社直銷部
香港總代理	東立出版社香港有限公司
香港電話	23862312

行政院新聞局局版台業字第6132號
1998年5月5日初版
定價140元

龍狼伝外伝（りゅうろうでんがいでん）② ——竜の子の首（りゅうのこのくび）——